CATALOGUE

DES

OBJETS DE VITRINE

TABATIÈRES ET BONBONNIÈRES LOUIS XV & LOUIS XVI

Miniatures, Éventails

BIJOUX, ORFÈVRERIE

MATIÈRES PRÉCIEUSES

Objets variés

PORCELAINES TENDRES DE SÈVRES

Porcelaines de Saxe, d'Allemagne, de la Chine, du Japon, etc.

LIVRES RARES

Manuscrits avec Miniatures

COSTUMES, MODES, CARICATURES

Composant la Collection de M. le Vicomte ***

ET DONT LA PREMIÈRE VENTE AURA LIEU

HOTEL DROUOT, SALLE N° 8

Les Lundi 7, Mardi 8, Mercredi 9, Jeudi 10 et Vendredi 11 Mars 1892

A DEUX HEURES

COMMISSAIRE-PRISEUR

Me ALBERT SOYER

10, rue Saint-Roch, 10

EXPERTS

Pour les Livres :	*Pour les Objets d'art :*
M. A. DUREL	**M. Charles MANNHEIM**
21, rue de l'Ancienne-Comédie, 21	7, rue Saint-Georges, 7

EXPOSITIONS

PARTICULIÈRE : *Le Samedi 5 Mars 1892*

PUBLIQUE : *Le Dimanche 6 Mars 1892*

DE 1 HEURE 1/2 A 5 HEURES 1/2

CONDITIONS DE LA VENTE

La vente sera faite *expressément* au comptant.

Les acquéreurs payeront, en sus des adjudications, *cinq pour cent*, applicables aux frais de la vente.

L'Exposition mettant le public à même de se rendre compte de l'état des objets, il ne sera admis aucune réclamation une fois l'adjudication prononcée.

Paris. — Imp. de l'Art, E. Ménard et Cie, 41, rue de la Victoire.

7 mars 1892 99 N e P

Collection de M. le Vicomte *** de Courval

PREMIERE VENTE

OBJETS DE VITRINE

Porcelaines tendres de Sèvres

PORCELAINES DE SAXE ET AUTRES

LIVRES RARES

Manuscrits avec Miniatures

COSTUMES, MODES, CARICATURES

ORDRE DES VACATIONS

Le Lundi 7 Mars 1892.

Livres	Nos	62 à 144
—	—	57 à 61
—	—	1 à 56

Le Mardi 8 Mars 1892.

Tabatières et Bonbonnières	—	145 à 221

Le Mercredi 9 Mars 1892.

Boîtes ornées de miniatures	—	222 à 237
Miniatures	—	238 à 271
Éventails	—	272 à 282
Bijoux	—	283 à 309

Le Jeudi 10 Mars 1892.

Orfèvrerie	—	310 à 340
Matières précieuses	—	341 à 347
Objets variés	—	348 à 370
Porcelaines de Sèvres	—	371 à 412

Le Vendredi 11 Mars 1892.

Porcelaines d'Allemagne.	—	413 à 466
— de la Chine et du Japon	—	467 à 484
— diverses	—	485 à 503
Biscuits et faïences.	—	504 à 513

DÉSIGNATION

LIVRES RARES

1. Aignan (Et.) et J. Berthevin. La Mort de Louis XVI, tragédie en trois actes. *Paris, chez les marchands de nouveautés,* 1793. — Le Martyre de Marie-Antoinette, reine de France, tragédie en cinq actes, faisant suite à la Mort de Louis XVI. Ens. 1 vol. in-12, frontispice-portraits, mar. rouge jans., dent. int., non rog. *(Chambolle-Duru.)*

Bel exemplaire complètement non rogné.

2. Album comique de Pathologie pittoresque, recueil de vingt caricatures médicales dessinées par Aubry, Chazal, Colin, Bellangé et Pigal. *Paris, chez Ambroise Tardieu,* 1823. In-4° oblong, cart. de l'éditeur, tr. jasp.

20 planches coloriées.

3. Album de lithographies coloriées, par H. Daumier, H. Monnier, Grandville, C. J. Traviès, Forest, Boilly. En 1 fort vol. in-4° oblong, demi-rel. bas. à toutes marges.

122 planches coloriées.

4. Album de Raffet *(A Paris, lith. de Gihaut frères, éditeurs), s. d.*, in-folio oblong, demi-rel. chag. rouge, plats toile, tr. jasp.

Suite de 93 lithographies du Maître.

5. Anacréon, Sapho, Bion et Moschus, traduction nouvelle en prose, suivie de la Veillée des Fêtes de Vénus et d'un choix de pièces de différents auteurs, par M. M*** C*** (Moutonnet de Clairfond). *A Paphos, et se trouve à Paris, chez*

Le Boucher, 1773. — Héro et Léandre, poème de Musée. On y a joint la traduction de plusieurs Idylles de Théocrite, par M. M*** C*** (Moutonnet de Clairfond). *A Sestos, et se trouve à Paris, chez Le Boucher,* 1774. En 1 vol. gr. in-8°, fig., veau porph., dos orné, fil., tr. dor. *(Rel. anc.)*

2 figures-frontispices par Eisen, gravées par Massard et Duclos; 12 vignettes et 13 culs-de-lampe par Eisen, gravés par Massard.

6. Anselme (Le P.). Histoire généalogique et chronologique de la maison royale de France, des pairs, grands officiers de la couronne et de la maison du Roy, etc., continuée par du Fourny, troisième édition. *A Paris, par la Compagnie des libraires,* 1726-1733. 9 vol. in-fol., blasons, veau marb. *(Rel. anc.)*.

7. L'Arétin d'Auguste Carrache ou Recueil de postures érotiques, d'après les gravures à l'eau-forte, par cet artiste célèbre, avec le texte explicatif des sujets (par Croze Maignan). *A la nouvelle Cythère* (*Paris, Didot*), 1798. In-4°, planches, maroq. rouge, dos orné, large dent.,

doublé de mar. vert, semis d'ornem. dorés à petits fers, tabis, tête dor., non rog. *(Riche reliure belge.)*

Bel exemplaire. — 20 planches gravées par *Coiny*. — On y a ajouté une figure coloriée, en regard du titre.

8. BALESDENS. Les Vies des très illustres et très sainctes Dames, Vierges et Martyres de l'Église recueillies en plus grand nombre, et mises en meilleur style qu'elle n'ont jamais este vuës. Œuvre non seullement utile aux Religieuses, mais necessaire aux Filles, Femmes et Veusves, qui dans le monde de quelque qualité qu'elles puissent estre aspirent à la perfection. *Paris, Séb. Huré,* 1635, in-8°, mar. rouge, dos et plats ornés de fil. droits et courbés, milieux de mar. vert et entrelacs au pointillé, tr. dor. et peinte. *(Le Gascon.)*

Le nom de l'auteur : L. BALESDENS, se lit à la suite de l'épître dédicatoire à Madame de VILLESAVIN.

Exemplaire dans une riche et élégante reliure de Le Gascon, portant, au centre et aux angles des plats, le chiffre de LÉON BOUTHILIER, comte de Chavigny, secrétaire et ministre d'État en 1633 et gendre de Madame de Villesavin à qui le livre est dédié.

L'ex-libris du possesseur se trouve à l'intérieur du volume.

Le titre du volume est imprimé en noir et en or, ainsi que le premier feuillet de la dédicace qui est colorié.

9. BEAUMARCHAIS. La Folle Journée ou le Mariage de Figaro, comédie en cinq actes, en prose, par M. de Beaumarchais, représentée pour la première fois, par les comédiens français ordinaires du Roi, le mardi 27 avril 1784. *De l'imprimerie de la Société littéraire typographique (Kehl), et se trouve à Paris, chez Ruault, libraire, au Palais-Royal, près du théâtre, nº 216,* 1785. Gr. in-8º, fig., demi-rel., dos et coins de mar. r., dos orné, fil., tête dor., éb. *(Hardy.)*

5 figures de Saint-Quentin, gravées par Halbou, Liénard et Lingée.

10. BÉRANGER (P. J. de). Chansons de P. J. de Béranger, anciennes, nouvelles et inédites, avec des vignettes de Devéria et des dessins coloriés d'Henri Monnier, suivies des procès intentés à l'auteur. *Paris, Baudouin frères,* 1828, 2 vol. in-8º, veau fauve, dos ornés, fil., ornements à froid, tr. dor. *(Thouvenin.)*

40 figures d'*Henri Monnier* coloriées au pinceau. —

On a ajouté à l'exemplaire le portrait de Béranger par *Scheffer* et 54 figures de *Johannot, Charlet, Grenier, Grandville*, etc.

Cette suite de 55 pièces (dont 8 avaient été supprimées par la censure) fut publiée en 1828 en 6 livraisons.

Exemplaire provenant de la bibliothèque de M. LEBARBIER DE TINAN.

11. BÉRANGER (P. J. DE). Chansons anciennes, nouvelles et inédites, avec des vignettes de Devéria et des dessins coloriés d'Henri Monnier (33 sur 40), suivies des procès intentés à l'auteur. *Paris, Baudouin frères,* 1828, 2 vol. in-8, demi-rel., dos et coins de mar. vert, dos ornés, fil., tr. marb.

12. BÉRANGER (P. J. DE). Œuvres complètes de P. J. de Béranger. Nouvelle édition revue par l'auteur, illustrée de cinquante-deux belles gravures sur acier entièrement inédites. *Paris, Perrotin,* 1847, 2 vol. in-8, fig., demi-rel., dos et coins mar. vert., dos ornés, tête dor., *non rognés. (Allò.)*

Bel exemplaire du PREMIER TIRAGE, contenant la suite des figures de *Grandville* sur *Chine* volant ajoutée.

13. BÉRANGER. Suite de 18 figures in-4°

oblong, en lithographies coloriées par Henry Monnier, pour illustrer les chansons.

La Bonne Vieille. — Le Roy d'Yvetot. — La Bouquetière et le Croque-mort. — Ce n'est plus Lisette, etc.

14. BERQUIN. Œuvres complètes, nouvelle édition rangée dans un meilleur ordre. *Paris, Renouard,* an XI (1803), 17 vol. in-12, fig., bas. rac., tr. marb. *(Rel. de l'époque.*

Exemplaire sur papier vélin, contenant :

204 figures ou frontispices, par Borel, Le Barbier, Marillier, Monsiau et Moreau, gravés par Borgnet, Choffard, Dambrun, Delaunay jeune, Delignon, de Longueil, Née, Ponce, Trière, Villerey, etc. Épreuves avec et avant la lettre.

15. BERQUIN. Idylles par M. Berquin. *Paris, Ruault,* 1775, 2 vol. in-12, front. et fig. de Marillier. — Romances par M. Berquin. *Paris, Ruault,* 1776, 1 vol., front. et fig. de Marillier. Ensemble 3 vol. in-12, veau, fil., tr. dor. *(Rel. anc.)*

Bel exemplaire en GRAND PAPIER. Les figures des *Romances* sont AVANT LES NUMÉROS.

La reliure porte sur les plats la lettre G surmontée d'une couronne ducale.

16. BOCCACE. Le Décaméron de Jean Boccace, traduit par Le Maçon. *Londres (Paris)*, 1757, 5 vol. in-8°, fig., mar. rouge foncé, dos ornés, large dent. XVIIIe siècle sur les plats, dent. int., tr. dor. *(Petit-Simier.)*

Bel exemplaire provenant de la bibliothèque d'Hilaire Grésy.

5 frontispices, 1 portrait, 110 figures et 97 culs-de-lampe, par Gravelot, Boucher, Cochin et Eisen, gravés par Aliamet, Baquoy, Flipart, Legrand, Lemire, Lempereur, Leveau, Moitte, Ouvrier, Pasquier, Pitre-Martenasie, Saint-Aubin, Sornique et Tardieu.

On y ajouté la suite : *Estampes galantes des contes de Boccace. A Londres*, 1 titre et 20 planches non signées, mais qui sont certainement de Gravelot.

17. BOILEAU. Les Œuvres de M. Boileau-Despréaux, avec des éclaircissements historiques (par Brossette). *Paris*, *Veuve Alix*, 1740, 2 vol. in-4°, portr. et fig., mar. vert, dos ornés, dent., tr. dor. *(Rel. anc.)*

Exemplaire aux armes de Ch. François Frédéric de MONTMORENCY et de N. COLBERT SEIGNELAY, sa femme.

On a inséré la suite des figures de *Cochin* avec les encadrements, pour le *Lutrin*.

18. BON GENRE (Le). Observations sur les modes et les usages de Paris, pour

servir d'explication aux 115 caricatures publiées sous le titre de Bon Genre, depuis le commencement du XIXe siècle (par Pierre de La Mésangère). *Paris, chez l'éditeur*, 1827, in-fol., pl. en couleurs, demi-rel., dos et coins de mar. r. à long grain, tr. jasp.

Très bel exemplaire de ce rare recueil de gravures de modes.

19. BOSSUET. L'Apocalypse avec une explication. Par Messire Jacques Benigne Bossuet. *A Paris, chez la veuve de Sébastien Mabre-Cramoisy*, 1689, in-8°, mar. brun jans., tr. dor. *(Hardy.)*

ÉDITION ORIGINALE.

20. BOUCHARDON. Études prises dans le bas Peuple ou les Cris de Paris. *Paris, Fessard*, 1737-1746, 60 pl. en un vol. in-4°, demi-rel. bas.

Ce rare recueil se compose de 5 séries de 12 planches chacune, représentant les types des différents marchands et ouvriers ambulants de Paris. Ces planches, dessinées par *Bouchardon*, ont été gravées à l'eau-forte par *G. S.* et terminées par *Fessard*. Bel exemplaire grand de marges.

21. BOUCHER. Les Cris de Paris, par F.

Boucher. *A Paris, chez Huquier, s. d.*, in-4°, demi-rel., dos et coins mar. brun.

Belle collection composée de 12 estampes numérotées de 1 à 12, gravées par *Ravenet* et *Lebas*.

22. BOUFFLERS. Œuvres de M. le Chevalier de Boufflers. *A Londres (Paris, Cazin)*, 1782, in-18, front., mar. rouge, dos orné, fil., tr. dor. *(Rel. anc.)*

Joli frontispice dessiné par *Chevaux*.

Ce même volume renferme les œuvres du marquis de Villette.

23. BRIANVILLE (Claude Oronce Finé de). Histoire sacrée en tableaux, avec leur explication et quelques remarques chronologiques. *A Paris, chez Charles de Sercy*, 1670-1675, 3 vol. in-12, mar. rouge, fil., tr. dor. *(Niédrée.)*

PREMIÈRE ÉDITION de ce joli livre recherché pour les nombreuses et jolies figures de *Sébastien Le Clerc* dont il est orné ; ces vignettes peuvent être considérées comme un des chefs-d'œuvre de cet artiste : Voy. MEAUME, *Séb. Le Clerc*, pp. 68-72.

24. CABINET DES MODES ou les Modes nouvelles, décrites d'une manière claire et précise et représentées par des planches

en taille-douce enluminées. *Paris, chez Buisson,* 1785-86, 2 vol. in-8°, demi-rel. veau, non rog. *(Rel. anc.)*

180 planches coloriées gravées par Duhamel, d'après Pugin, Desrais et Defraine.

25. Callot. Balli de Sfessania, de Jacomo Callot (*Nancy,* 1622). 24 pièces, titre compris, en un vol. in-8° oblong, mar. rouge, dos orné, fil., tr. dor. *(Derome.)*

Très bel exemplaire de second état, avec les mots : *Israel Silvestre ex. Cum privil. Regis,* sur le titre.

26. Cervantès. Les Principales Avantures de l'admirable Don Quichotte, représentées en figures par Coypel, Picart le Romain, et autres habiles maîtres. Avec les explications de XXXI planches de cette magnifique collection, tirées de l'original espagnol de Miguel de Cervantès. *A la Haie, chès Pierre de Hondt,* 1746, gr. in-4°, fig., veau marbré.

Bel exemplaire avec les figures avant les numéros.

Les 31 jolies compositions qui ornent cet ouvrage sont dessinées par *Coypel, Tresmolier, Lebas, Boucher* et *Cochin.*

On a ajouté un beau portrait de Cervantès et la planche 22 avant la lettre.

27. Chants et chansons populaires de la France. Nouv. édit. illustrée d'après les dessins de MM. E. de Beaumont, Daubigny, Meissonier, Staal, Trimolet, etc., gravés par les meilleurs artistes. *Paris, Garnier frères,* 1848, 3 vol. gr. in-8°, demi-rel., dos et coins de mar. rouge, dos ornés, fil., tête dor., éb. *(Pouillet.)*

28. Chateaubriand. Atala, René, par Fr. Aug. de Chateaubriand. *A Paris, chez Le Normand*, 1805, in-12, fig. de Garnier, grav. par Choffard, Aug. Saint-Aubin, etc.; demi-rel. maroq., tr. dor. (*Rel. anc.*)

Édition originale.

29. Choderlos de Laclos. Les Liaisons dangereuses, lettres recueillies dans une Société et publiées pour l'instruction de quelques autres. *Londres (Paris),* 1796, 2 vol. in-8°, fig., demi-rel., dos et coins de mar. vert, dos ornés, fil., tête dor., non rog. *(Capé.)*

Exemplaire sur papier vélin avec les figures AVANT LA LETTRE (*sans les papiers de soie*).

2 frontispices et 13 figures par Monnet, Mlle Gérard et

Fragonard fils, gravés par Baquoy, Duplessis-Bertaux, Dupréel, Godefroy, Langlois, Lemire, Lingée, Masquelier, Patas, Pauquet, Simonet et Trière.

30. COHEN (H.). Guide de l'Amateur de Livres et Gravures du XVIIIe siècle, 5e édit., revue, corrigée et considérablement augmentée, par le baron Roger Portalis. *Paris, P. Rouquette,* 1886, gr. in-8° à 2 col., pap. vél., br., couv. *(Épuisé.)*

31. CORNEILLE. Les Chefs-d'Œuvre de Corneille, savoir : le Cid, Horace, Cinna, Polyeucte, Pompée, Rodogune ; avec le Jugement des Savans à la suite de chaque pièce. *A Oxford, chez Jacques Fletcher,* 1746, in-8°, maroq. rouge, dos orné, fil., tr. dor. *(Rel. anc.)*

32. COSTUMES DIVERS. Costumes de différens départemens de la France. Costumes suisses, espagnols, russes, piémontais, allemands, de théâtre. *A Paris, chez Martinet* (v. 1805), gr. in-8°, demi-rel. bas., non rog.

92 planches coloriées.

33. COSTUMES du temps de la Révolution

(1790-1793), tirés de la collection de M. V. Sardou, préface de J. Claretie; 40 eaux-fortes coloriées de M. Guillaumot fils. *Paris, A. Lévy,* 1876, gr. in-4°, pap. de Holl., demi-rel., dos et coins de chag. r., dos orné, fil., tête dor., non rog., pl. montées sur onglets.

34. CRIES OF LONDON (The), as they are Daily practised, in forty-eight engravings, of those most prominent, in its, Squares, Streets, And Lanes. *London, J. Harris, s. d.* (v. 1820), in-16, fig., cart., non rog.

49 planches coloriées, y compris le frontispice.

35. DÉCRETS DES SENS sanctionnés par la volupté. Ouvrage nouveau, enrichi de gravures angloises. *A Rome, de l'imprimerie du Saint-Père,* 1793, in-8°, fig., mar. rouge jans., dent. int., tr. dor. *(Cuzin)*

Bel exemplaire relié sur brochure entièrement non rogné.

1 frontispice et 6 vignettes libres à mi-page, non signées, en-tête de vers dont le texte est gravé.

Les vignettes sont curieuses et ont dû servir à illustrer un ouvrage anglais.

36. Diable a Paris (Le). Paris et les Parisiens, mœurs et coutumes, caractères et portraits des habitants de Paris, etc. Texte par MM. G. Sand, P. J. Stahl, L. Gozlan, F. Soulié, Ch. Nodier, de Balzac, A. Karr, Th. Gautier, A. de Musset, etc. Illustrations par Gavarni, vignettes par Bertall, vues, monuments, etc., par Champin, Bertrand, d'Aubigny, Français. *Paris, J. Hetzel*, 1845-1846, 2 vol. gr. in-8°, demi-rel., dos et coins de mar. r., tête dor., non rog. *(Bertrand.)*

Bel exemplaire de premier tirage.

37. Diorama anglais ou Promenades pittoresques à Londres, renfermant les notes les plus exactes sur les caractères, les mœurs et usages de la nation anglaise, prises dans les différentes classes de la société. Par M. S... (J. B. B. Sauvan). Ouvrage orné de 24 planches gravées et enluminées et de plusieurs sujets caractéristiques. *Paris, Jules Didot l'aîné,*

1823, in-8°, fig. coloriées, demi-rel. veau, tr. marbr.

Curieuses figures humoristiques gravées en couleurs et attribuées à *Cruikshank*.

Bel exemplaire grand de marges.

38. DORAT. Les Baisers, précédés du Mois de mai, poème. *A La Haye, et se trouve à Paris, chez Lambert et Delalain*, 1770, gr. in-8°, fig., veau porph., dos orné, fil., tr. r. *(Rel. anc.)*

Bel exemplaire en GRAND PAPIER avec les titres rouge et noir.

1 frontispice par Eisen, gravé par Ponce, 1 figure par Eisen, gravée par de Longueil, 23 vignettes, 1 fleuron avec le titre et 22 culs-de-lampe par Eisen et Marillier, qui a fait 2 culs-de-lampe, gravés par Aliamet, Baquoy, Delaunay, Lingée, de Longueil, Masquelier, Massard, Née et Ponce.

39. DORAT. Fables nouvelles. *A La Haye et se trouve à Paris, chez Delalain*, 1773, 2 vol. gr. in-8°, fig., mar. vert, dos ornés, fil., dent. int., tr. dor. *(Rel. anc.)*

Bel exemplaire en GRAND PAPIER, avec les figures de *Marillier* en très belles épreuves.

2 frontispices portant : *Fables*, par M. Dorat, par Marillier, gravés par de Ghendt, 1 figure de Marillier,

gravée par Delaunay, qui se place dans chacun des volumes, 1 fleuron, 99 vignettes et 99 culs-de-lampe de Marillier, gravés par Arrivet, Baquoy, Delaunay, Duflos, de Ghendt, Le Gouaz, Lebeau, Leveau, Lingée, de Longueil, Louis Legrand, Le Roy, Masquelier, Née, Ponce, Mme Ponce et Simonet.

40. DUMAS (ALEX.). Henri III et sa cour; drame historique en cinq actes et en prose. *Paris, Vezard et Cie*, 1829, in-8°, br.

Édition originale.

41. DUMAS fils (A.). La Dame aux Camélias, préface par J. Janin. *Paris, M. Lévy frères*, 1872, gr. in-8°, portr. à l'eau-forte, mar. r., dos orné, fil., tête dor., non rog.

L'un des 25 exemplaires numérotés sur papier de Chine (N° 15).

Bel exemplaire provenant de la bibliothèque de J. Janin, avec son *ex-libris*.

42. DUPUY (Pierre). Histoire des plus illustres favoris anciens et modernes, recueillie par feu M. P. D. P. (P. Dupuy), avec un journal de ce qui s'est passé à la mort du mareschal d'Ancre. *A Paris, sur l'imprimé à Leyde, chez Jean El-*

sevier, 1661, in-12, mar. rouge, dos orné, fil., tr. dor. *(Rel. anc.)*

Jolie reliure de *Derome*. Bel exemplaire malgré une légère mouillure dans le haut du volume.

43. Ésope. Le Festin nuptial dressé dans l'Arabie heureuse, au mariage d'Ésope, de Phèdre et de Pilpai avec trois fées, divisé en trois tables, par M. de Palaidor (nom supposé). *A Pirou en Basse-Normandie, chez Florent-à-Fable, à l'enseigne de la vérité dévoilée*, 1700, pet. in-8°, mar. rouge, fil. à froid, tr. dor. *(Rel. anc.)*

Bel exemplaire relié par Padeloup.

44. Essais historiques sur la vie de Marie-Antoinette d'Autriche, reine de France, pour servir à l'histoire de cette princesse, orné de son portrait. *Londres et Versailles*, 1789, 2 vol. in-8°, br., non rognés.

Pamphlet violent attribué à P. E. A. Goupil, et d'après Paul Lacroix, à Brissot, payé par le duc d'Orléans. Très rare.

45. Fénelon. Les Aventures de Télémaque,

nouvelle édition. *Paris*, *Eberhart*, 1810, 2 vol. in-4°, fig., demi-rel., dos ornés, tr. jasp.

72 estampes gravées, d'après les dessins de Ch. Monnet, par J. B. Tilliard.

Déchirure à l'angle du bas du faux titre, légère mouillure.

46. Florian. Fables de Florian, illustrées par J. J. Grandville, suivies de Tobie et de Ruth, poèmes tirés de l'Écriture Sainte, et précédées d'une notice sur les ouvrages de Florian, par P. J. Stahl. *Paris*, *Dubochet*, 1842, in-8°, fig., mar. rouge, dos orné, fil., tête dor., *non rogné*. (*Belz-Niedrée*.)

Belle édition, la première ornée des figures de *Grandville*. Très bel exemplaire.

47. Foé (De). La Vie et les Aventures de Robinson Crusoé, ancienne traduction revue et corrigée sur la belle édition donnée par Stockdale en 1790, augmentée de la vie de l'auteur. Édition ornée de 19 gravures, par Delignon, d'après les dessins originaux de Stohardt, d'une carte géographique et accompagnée d'un vocabulaire de marine. *Paris*,

Verdière, de l'imprimerie de la veuve Panckoucke, an VIII (1800), 3 vol. gr. in-8°, fig., mar. rouge à long grain, dos ornés à petits fers, fil., dent., doublé de tabis dent., tr. dor. (*Bozerian jeune.*)

Superbe exemplaire en grand papier vélin, avec les FIGURES AVANT LA LETTRE.

3 titres gravés avec fleurons variés, 1 portrait de Daniel de Foë, gravé par Delvaux, et 18 figures gravées par Delvaux, Delignon et Dupréel.

48. GAILLARDET ET DUMAS. La Tour de Nesle, drame en cinq actes et neuf tableaux, par MM. Gaillardet et*** (Alexandre Dumas père), *Paris, Barba,* 1832, in-8°, cart., *non rogné.*

ÉDITION ORIGINALE. Très rare. Exemplaire auquel on a ajouté un frontispice et deux portraits coloriés d'acteurs et d'actrices.

49. GALLAND. Les Mille et une Nuits, contes arabes, traduits en français par Galland; nouvelle édition, revue, accompagnée de notes, augmentée de plusieurs contes traduits pour la première fois, ornée de 21 gravures, et publiée par Édouard Gaultier. *Paris, Collin de Plancy,* 1822-23, 7 vol. gr. in-8°, fig., demi-

rel., dos et coins de mar. La Vall. foncé, dos ornés, fil., tête dor., non rog., texte et pl. mont. sur onglets.

Curieux exemplaire contenant :

1° Le portrait de Galland, gravé par Morel d'après Rigaud, avec la lettre.

2° La suite des 21 gravures de Chasselat, en deux états, AVEC et AVANT LA LETTRE, plus 2 EAUX-FORTES, gravures de l'édition.

3° La suite des 15 gravures in-18, de Corboul, pour une édition de *Cooke, Londres,* 1800.

4° La suite des 24 gravures grand in-8° de Smirke, pub. à *Londres* en 1802, par *William Miller,* ÉPREUVES AVEC LA LETTRE.

5° 6 gravures grand in-8° de Smirke, ÉPREUVES AVANT LA LETTRE, même suite que ci-dessus.

6° 13 gravures grand in-8°, de Gavarni et Wattier, ÉPREUVES TIRÉES SUR CHINE AVEC LA LETTRE, pub. par *Morizot.*

7° La suite des 15 gravures in-8°, de Stothard, avec encadrement, pub. par *Harrison, Londres,* 1785.

8° La suite des 8 gravures in-18, de Devéria, gravées par Morinet.

9° 95 gravures et vignettes diverses, titres gravés, EAUX-FORTES, figures et vignettes sur Chine, AVANT et AVEC LA LETTRE, par Courtin, Rajon d'après Rossi, Larbalestrier, Rubierre d'après Picou, Revel d'après Marck, Villerey fils d'après J. Potier, etc.

ENSEMBLE 221 PIÈCES.

50. GENLIS (Mme DE). Œuvres de Madame de Genlis. *A Paris, chez Michel Lam-*

bert, 1781-1785, 15 vol. in-8°, mar. vert, dos ornés, fil., tr. dor. *(Rel. anc.)*

Théâtre, 7 vol. — Annales de la Vertu, 2 vol. — Lettres sur l'éducation, 3 vol. — Les Veillées du château, 3 vol.

51. Gerson. De l'Imitation de Jésus-Christ, traduction nouvelle par le sieur De Beuil, prieur de Saint-Val. *A Paris, chez Charles Savreux,* 1663, in-8° réglé, maroq. rouge, dos orné, encad. de fil., doublé de maroq. roug., dent., compartiments, milieux dorés aux petits fers, fil. courbés, tr. dor. *(Du Seuil.)*

Superbe exemplaire.

52. Gœthe. Faust, tragédie, traduite en Français par Alb. Stapfer, ornée d'un portrait de l'auteur et de 17 dessins composés d'après les principales scènes de l'ouvrage et exécutés sur pierre par Eug. Delacroix. *Paris, Motte et Sautelet,* 1828, in-fol., fig. tirées sur Chine, demi-rel. v. vert, tr. marb. (*Légères taches de rousseur.*)

Premier tirage.

53. Goncourt (E. et J. de). Histoire de

la Société Française pendant la Révolution. Ouvrage illustré de nombreuses planches hors texte, en taille-douce, phototypie, chromotypographie, et des facsimilés en noir et en couleur des documents du temps. *Paris*, *Quantin*, 1889, gr. in-4°, pap. vél., br., couv.

54. HORÆ. Ms. in-8°, mar. olive, dos orné, encad. de fil., mil. dorés aux pet. fers, ornem. aux angles, dent. int., tr. dor. *(Rel. du XVIe siècle)*.

BEAU MANUSCRIT du XVe siècle, sur vélin, composé de 433 feuillets.

Il renferme SOIXANTE-DOUZE MINIATURES, dont 20 grandes et 52 petites, se rapportant pour le calendrier aux signes du Zodiaque et aux travaux des mois, et pour les autres aux Vies de saints, etc.

Les vingt grandes miniatures, d'une grande fraîcheur et d'un beau dessin, se rapportent aux scènes du Nouveau Testament : toutes les pages sont enrichies d'une large bordure avec arabesques, feuillages, grotesques, etc.

55. HORAE. Ms. pet. in-8°, velours vert, tr. dor., dans un étui en chagrin vert.

SUPERBE MANUSCRIT de la fin du XVe siècle, sur VÉLIN, composé de 162 ff. et contenant DIX-NEUF MINIATURES de la grandeur des pages. Ces miniatures, d'un goût exquis, diffèrent essentiellement de celles qu'on trouve ordinairement dans les manuscrits du xve siècle. On y reconnaît le ton demi-grisaille adopté par les artistes de l'École d'Alby, qui n'a produit qu'un très petit nombre de livres d'heures. Les majuscules et les initiales, en or sur fond de couleur, sont élégamment ornées de fleurons et de feuillages.

Les bordures sont ornées d'arabesques, de fleurs, de fruits, d'oiseaux, d'animaux et de figures fantastiques; le tout admirablement dessiné et peint.

Parmi les dix-neuf miniatures que renferme ce manuscrit, onze sont encadrées, et huit n'ont point de bordure. Ces dernières sont de beaux tableaux dans lesquels se déroulent plusieurs scènes différentes et du plus curieux effet. Parmi ces scènes, nous citerons : la Naissance du Christ, l'Annonciation aux bergers, l'Adoration des mages, la Présentation au Temple, David et Goliath, etc.

56. HEURES. *Ces presentes heures a lusaige de Rome furẽt achevez lan mil cccc ccccxx et xviii* [1498]. *le 22 iour de Aoust pour Symõ Vostre Libraire demourãt à Paris à la rue neuue nostre dame à lenseigne sainct Jehan leuangeliste.* In-4° goth. de 72 ff., fig., veau brun, comp. à froid, tr. dor.

Le titre de ce volume porte la marque de *Philippe Pigouchet* qui a imprimé ce livre pour *Simon Vostre.*

Le volume est orné à chaque page de bordures avec sujets variés représentant la Vie de la Vierge, de Jésus, de l'Enfant prodigue, et la *Danse des Morts*, etc.; il contient aussi 20 grandes figures qui appartiennent toutes au 2e groupe des planches employées par *Pigouchet* et contenues dans les encadrements avec colonnettes et cintres gothiques.

Ce livre d'heures est des plus remarquables et doit être considéré comme un des plus beaux spécimens des livres de *Pigouchet* et de *S. Vostre* réunis.

Exemplaire excessivement grand de marges, imprimé sur VÉLIN, et non colorié.

Les plats de l'ancienne reliure en veau brun couverts de gaufrure sont bien conservés, le dos aurait besoin d'être réparé. La figure de l'homme anatomique a été frottée.

Ces belles Heures sont très rares et très recherchées; l'exemplaire Didot a été vendu 3,000 francs et les frais.

57. HORAE in laudem beatiss. semper virginis Mariae secundum consuetudinem curiae Romanae. *Parisiis, apud magistrum Gotofredum Torinum Bituricum ad insigne vasis effracti.* (A la fin :) *Excudebat Simon Colinaeus Parisiis anno a Christi Jesu nativitate.* MDXXV, in-8°, fig. sur bois, in-8°, veau gr.

Première et précieuse édition imprimée par *Simon de Colines*, avec les bois de *Geofroy Tory*.

Le volume imprimé en rouge et noir se compose de 149 feuillets entourés de seize bordures d'ornements variés d'une charmante composition.

Le texte contient 13 grandes planches.

Incomplet des feuillets Aii et Avii. Léger trou de ver traversant le volume.

58. HEURES NOUVELLES tirées de la Sainte

Écriture, écrites et gravées par L. Senault. *A Paris, chez l'autheur et chez Cl. de Hansy, s. d.*, in-8°, mar. vert, dos orné, dent., doublé de tabis, tr. dor. *(Rel. anc.)*

59. Heures nouvelles pour les principales Festes de l'année. *S. l.*, 1732, in-8°, mar. rouge, dos orné, fil., doublé de tabis, tr. dor. (*Gaudreau, rel. de la Reine.*)

Beau manuscrit sur papier, comprenant 502 pp., orné d'un joli titre colorié, d'une grande miniature représentant le Christ en croix, de nombreux ornements, en-têtes, lettres ornées et culs-de-lampe, finements peints en miniature.

60. Histoire du Vieux et du Nouveau Testament, enrichie de plus de quatre cents figures en taille-douce, etc. *A Anvers* (*Amsterdam*), *chez Pierre Mortier*, 1700, 2 vol. in-fol., front. et fig., mar. rouge, dos orné, comp. de fil., tr. dor. (*Rel. anc.*)

Les nombreuses et belles figures dont ce livre est orné ont été dessinées par *Picard, Elgers, Goérée, Tideman*, etc.

Très bel exemplaire en grand papier, avant la marque des clous, dans une bonne et fraîche reliure.

61. HORACE. Quinti Horatii Flacci Opera.

Londini aeneis tabulis incidit Johannes Pine, 1733-1737, 2 vol. in-8°, front. et fig., maroq. vert, dos ornés, larg. dent. sur les plats, dent. int., tabis, tr. dor. (*Derome.*)

Superbe exemplaire.

Magnifique édition entièrement gravée et ornée de 2 frontispices, 2 fleurons, 225 illustrations composées de grandes figures, de culs-de-lampe et 27 en-têtes.

62. Horace. Quinti Horatii Flacci Carmina. Nitori suo restituta. *Parisiis, J. Barbou*, 1763, in-12, frontispice-portrait, gravé par Dutlos, d'après B. Picart, mar. citron, dos orné, fil., tr. dor. (*Rel. anc.*)

Bel exemplaire aux armes de Mme Sophie, fille de Louis XV.

63. Horace. Les Œuvres d'Horace, poète latin du siècle d'Auguste. Traduction nouvelle par M. Jules Janin. *Paris, Hachette et Cie*, 1860, in-12, mar. rouge jans., doublé de mar. vert, dent., tr. dor. (*Hardy.*)

Exemplaire en grand papier de Hollande orné du portrait de J. Janin et des photographies publiées par Curmer.

Sur le faux-titre on lit un envoi autographe en vers de J. Janin.

La reliure porte les armes de Curmer-Neilson.

64. JANINET. Vues des plus beaux Édifices publics et particuliers de la ville de Paris, dessinées par Durand, Garbizza et Mopillé, architectes, et gravées par Janinet, J. B. Chapuis, etc. *Paris*, 1792, in-4° oblong., front., demi-rel. veau.

Titre et 88 planches gravés par *Janinet* et *Chapuy*, d'après les dessins de *Durand*, *Garbizza*, *Toussaint* et *Mopillé*, représentant des vues du Louvre, de la Sorbonne, Palais-Royal, lès boulevards, etc., etc. Rare.

65. KOCK (P. de). La Grande Ville, nouveau tableau de Paris, comique, critique et philosophique, par MM. P. de Kock, Balzac, Dumas, Soulié, H. Monnier, etc. Illustrations de Gavarni, V. Adam, Daumier, H. Monnier, etc. *Paris, Marescq*, 1844, 2 vol. gr. in-8°, cart., dos et coins de mar. orange, non rog., couv.

Bel exemplaire de premier tirage.

66. LA BORDE. Choix de Chansons mises en musique par M. de La Borde, dé-

diées à Mme la Dauphine. (Tome premier.) *A Paris, chez de Lormel*, 1773, gr. in-8°, fig., mar. rouge, dos orné, dent., tr. dor. (*Rel. anc.*)

Bel exemplaire contenant le portrait de *J. B. de La Borde*, gr. par *Masquelier*, d'après *Denon*, front. gr. et 25 figures dess. par *Moreau*.

67. La Bruyère. Les Caractères de Théophraste avec les Caractères ou les Mœurs de ce siècle, nouvelle édition publiée par M. Coste. *A Paris, chez Michel-Étienne David*, 1756, 2 vol. in-12, port., maroq. rouge, dos ornés, fil., tr. dor. (*Rel. anc.*)

Bel exemplaire aux armes de Mme Adélaïde, fille de Louis XV.

68. La Fontaine. Fables choisies, mises en vers par J. de La Fontaine. *Paris, Desaint et Saillant*, 1755-1759, 4 vol. in-fol., fig., v. porph., dos ornés, dent., tr. dor. (*Rel. anc.*)

1 frontispice par Oudry, terminé par Dupuis et gravé par Cochin, et 275 figures par Oudry, gravées par Aubert, Baquoy, Cochin, Dupuis, Fessard, Gallimard,

Lemire, Moitte, Ouvrier, Pasquier, Radigues, Sornique, Tardieu, etc., etc.

Exemplaire sur moyen papier de Hollande avec la figure du *Léopard avant la légende.*

69. La Fontaine. Fables choisies, mises en vers par J. de La Fontaine, nouvelle édition gravée en taille-douce, les figures par le Sr Fessard, le texte par le Sr Montulay, dédiées aux enfants de France. *A Paris, chez l'auteur,* 1765, 6 vol. in-8°, fig., veau fauve, dos ornés, fil., tr. dor. (*Rel. anc.*)

Très bel exemplaire de premier tirage dans une jolie reliure de *Derome*, avec dos orné à l'oiseau.

70. La Fontaine. Fables, avec figures (dessinées par Vivier), gravées par MM. Simon et Coiny. *Paris, Didot l'aîné*, 1787, 6 vol. in-18, pap. vél., fig., mar. rouge, dos ornés, encadrem. de fil., doublé de tabis, dent., tr. dor. (*Bradel.*)

Exemplaire avec les figures avant les numéros.

1 frontispice et 275 figures, mouillures et déchirure à une planche.

71. La Fontaine. Fables choisies, ornées

de figures lithographiques, de MM. Carle Vernet, Horace Vernet et Hipolyte *(sic)* Lecomte. *Paris, à la lithographie d'Engelmann,* 1818, 2 vol. in-4° obl., cart.

72. La Fontaine. Fables, illustrées par J. J. Grandville, nouv. édit. *Paris, H. Fournier,* 1838, 2 vol. — Fables de La Fontaine, illustrées par J. J. Grandville. Tome III. *Paris, H. Fournier,* 1840, 1 vol. (Album des 120 fig. contenues dans la seconde série des illustrations de Grandville). Ens. 3 vol. in-8°, veau bl., dos ornés, encadr. de fil., milieux dorés, fil. int., tr. dor. *(Simier.)*

Premier tirage des illustrations de Grandville.

73. La Fontaine. Contes et Nouvelles en vers de M. de La Fontaine. Nouvelle édition enrichie de Tailles-douces. *Amsterdam, Henry Desbordes,* 1685, 2 tomes en 1 vol. in-12, fig., mar. rouge jans., tr. dor. *(Thibaron-Joly.)*

Bel exemplaire du premier tirage de cette édition ornée des gravures de *Romain de Hooghe.*

74. La Fontaine. Contes et nouvelles en

vers par M. de La Fontaine. *A Amsterdam (Paris, Barbou),* 1762, 2 vol. in-8°, portr. de Ficquet, fig. d'Eisen, culs-de-lampe de Choffard, mar. rouge, dos ornés, dent., tr. dor. *(Rel. anc.)*

Bel exemplaire de l'édition des *Fermiers Généraux.*

Les figures pour *le Cas de Conscience* et *le Diable de Papefiguière* sont découvertes.

75. La Fontaine. Contes et nouvelles en vers par Jean de La Fontaine. *A Paris, de l'imprimerie de P. Didot, l'aîné, l'an III de la République,* 1795, 2 tomes en 1 vol. in-4°, pap. vél., fig., mar. rouge à long grain, dos ornés, ornements dorés et à froid sur les plats, chiffre de Louis-Philippe d'Orléans, au milieu, doublé de tabis, tr. dor.

Bel exemplaire.

Cette belle édition des Contes est illustrée de 20 gravures de Fragonard, Mallet et Touzé, qui se trouvent dans le tome Ier.

76. La Fontaine (J. de). Les Amours de Psyché et de Cupidon. Édition ornée de figures imprimées en couleurs, d'après les tableaux de M. Schall. *Paris, Défer de Maisonneuve,* 1791, gr. in-4°, demi-

rel., dos et coins de mar. rouge à long grain, dos orné, éb. *(Rel. de l'époque.)*

4 figures, gravées par Bonnefoy, Demanchy et Calibert, d'après Schall, *Estampes gravées au pointillé de couleur.* 1 feuillet raccommodé. Quelques taches de rousseur.

77. Lamartine (A. de). Méditations poétiques. *A Paris, au dépôt de la librairie,* 1820, in-8°. — Nouvelles Méditations poétiques, par Alphonse de Lamartine. *Paris, Urbain Canel,* 1823, in-8°. Ensemble 2 vol. in-8°, mar. bleu, dos ornés, 8 fil., tr. dor. *(Belz-Niedrée.)*

Éditions originales. Très beaux exemplaires reliés sur brochure et avec toutes leurs marges. Portrait de l'auteur ajouté.

78. La Rochefoucauld. Maximes et réflexions morales du duc de La Rochefoucauld. *Paris, Didot l'aîné, l'an V,* 1796, in-18, pap. vél., portrait de l'auteur, gravé par Gaucher, d'après l'émail de Petitot, mar. rouge, dos orné à petits fers, encadrem. de fil., dents, doublé de tabis, dent., mors de maroquin, tr. dor. *(Courteval.)*

Bel exemplaire avec le portrait *avant la lettre.*

79. Laujon (De). Les A-Propos de la Société, ou Chansons de M. L... *(Paris)*, 1776, 2 vol. in-8°, avec musique notée, un frontispice par Moreau servant à chaque volume ; 2 fig., par Moreau, grav. par Simonet et De Launay, 2 vign. et 2 culs-de-lampe, par Moreau, gravés, les vignettes par Duclos et Martini et les culs-de-lampe par De Launay. — Les A-Propos de la Folie, ou Chansons grivoises et annonces de parades *(Paris)*, 1776, in-8°, avec musique notée, 1 frontispice, 1 fig. et 1 vign. par Moreau, gravés par Martini, et 1 cul-de-lampe par Moreau seul. Ens. 3 vol. in-8°, fig., vél. blanc, non rognés.

Bel exemplaire complètement non rogné contenant les figures en DEUX états AVEC et AVANT les NUMÉROS.

80. Le Clerc (Sébastien). Quelques figures de chevaux et paysages. *A Paris, chez Audran*, in-8° obl. — Veues de plusieurs petits endroits des fauxbourgs de Paris, etc. *A Paris, chez Audran*, in-8° obl. En un vol. in-8° obl., demi-rel., tr. jaspée.

Ces deux séries complètes et du premier tirage renferment en tout 72 planches qui sont des meilleures de *Séb. Le Clerc.*

81. LONGUS. Les Amours pastorales de Daphnis et Chloé (traduites du grec par J. Amyot, *S. l. (Paris, Quilliau),* 1718, pet. in-8°, front. et fig., mar. rouge, dos orné, large dent. à pet. fers, fil., dent. int., tabis, tr. dor. *(Derome.)*

Bel exemplaire de l'édition dite du RÉGENT. Frontispice et figures gravés par Audran, d'après les dessins de Philippe d'Orléans.

82. LUCIEN de la traduction de M. Perrot, S[r] d'Ablancourt, avec des remarques sur la Traduction. Nouvelle édition revue et corrigée. *A Amsterdam, chez Pierre Mortier,* 1709, 2 vol. in-12, fig., mar. rouge, dos ornés, fil., tr. dor. *(Rel. anc.)*

Bel exemplaire provenant de la vente O. de Béhague renfermant à la fin du tome Ier un feuillet ms. contenant un long passage que d'Ablancourt a retranché dans sa traduction.

83. MARIE-ANTOINETTE (Iconographie de la reine). Catalogue descriptif et raisonné de la collection de portraits, pièces historiques et allégoriques, caricatures, etc.,

formé par Lord Ronald Gower, précédé d'une lettre par M. Georges Duplessis. Ouvrage orné de nombreuses reproductions en noir et en couleurs d'après des originaux faisant partie de la collection. *Paris*, *Quantin*, 1883, in-4°, demi-rel., dos et coins de mar. citron, dos orné mosaïque, fil., tête dor., non rog., couv. *(Claessens.)*

Mouillures et reliure tachée.

84. MARILLIER. Suite complète de soixante-seize figures dessinées par Marillier pour les Voyages Imaginaires, Songes, Visions et Romans cabalistiques, *Paris,* 1787-1789. En un vol. in-8°, veau, fil., tr. dor. *(Rel. anc.)*

Très jolie suite. Épreuves de choix tirées sur PAPIER DE HOLLANDE.

On trouve dans ce recueil des figures pour *Robinson-Crusoé, les Voyages de Gulliver, le Voyage sentimental, l'Ane d'Or, le Diable amoureux*, etc.

Bel exemplaire provenant de la bibliothèque de M. *Eugène Paillet, avec sa signature.*

85. MARILLIER. Suite complète de cent vingt figures dessinées par Marillier, pour le Cabinet des Fées. *Paris*, 1785

1789. En un vol. in-8°, vélin blanc, fil., *non rogné. (Lemardeley.)*

Très belle suite. Premières épreuves à toutes marges, contenant les deux figures rarissimes pour *Barbe bleue* et le *Petit-Poucet*. (Vendu 1,400 francs, Béhague.)

De la bibliothèque de M. *Eug. Paillet, avec sa signature.*

86. Mérimée (Prosper). 1572. Chronique du temps de Charles IX. *Paris, A Mesnier,* 1829, in-8°, mar. br. jans., dent. int., tr. dor. (*Chambolle-Duru.*)

Superbe exemplaire de l'édition originale, relié sur brochure.

87. Mérimée (Prosper). La Double Méprise, par l'auteur du *Théâtre de Clara Gazul* (Prosper Mérimée). *Paris, H. Fournier,* 1833, in-8°, mar. bleu, dos orné, fil., tr. dor. (*Andrieux.*)

Édition originale. Bel exemplaire. On y a ajouté un article critique de Gustave Planche extrait de la *Revue des Deux-Mondes.*

88. Mérimée (Prosper). Notes d'un voyage en Corse, par M. Prosper Mérimée. *Paris, Fournier jeune,* 1840, in-8°, pl., *broché.*

Édition originale. Rare. Très bel exemplaire. Ce fut

pendant ce voyage que Mérimée écrivit son roman *Colomba.*

A la suite du volume on trouve un certain nombre de *Poésies populaires Corses.*

89. Mérimée. (Prosper). Colomba, par Prosper Mérimée. *Paris, Magen et Comon,* 1841, mar. bleu, dos orné, fil., tr. dor. (*Andrieux.*)

Édition originale. Bel exemplaire. Le volume contient à la suite : *La Vénus d'Ille* et *Les Ames du Purgatoire.*

90. Molière (J. B. Poquelin de). Les Œuvres de M. Molière. Nouvelle édition. Corrigée et augmentée des Œuvres posthumes, et de très belles figures à chaque comédie, etc. *A Brusselles, chez Georges de Backer,* 1694, 4 tomes en 2 vol. in-12, front. et fig., vél. (*Rel. anc.*)

Bel exemplaire dans sa première reliure en vélin de cette jolie édition, ornée de gravures à l'eau-forte, par François Harrewyn.

Édition remarquable contenant la fameuse scène du *Pauvre* du *Festin de Pierre,* dans toute son intégrité. Cette scène, la 2e du 3e acte, est bien plus hardie dans les éditions de Hollande que dans celle de Paris, ainsi D. Juan dit : « *Je veux te donner un louis d'or pour l'amour de l'humanité.* » Et, dans celle-ci : « *Je veux te donner un louis d'or pourvu* que tu veuilles jurer. »

Dans la première scène du même acte il existe encore plusieurs différences dans les passages relatifs à la Divinité.

91\. MOLIÈRE. Œuvres de Molière, nouvelle édition. *Paris*, 1734, 6 vol. gr. in-4°, fig., mar. rouge, dos ornés, fil., dent. int., tr. dor. (*Rel. anc.*)

SUPERBE EXEMPLAIRE en RELIURE ANCIENNE contenant :

1 portrait par Coypel, gravé par Lépicié ; 1 fleuron sur le titre, qui sert pour chaque volume ; 33 figures par Boucher, gravées par Laurent Cars, et 198 vignettes et culs-de-lampe, dont plusieurs se répètent, par Boucher, Blondel et Oppenord, gravés par Joullain et Laurent Cars.

92\. MOLIÈRE. ŒUVRES DE MOLIÈRE, avec des remarques grammaticales, des avertissements et des observations sur chaque pièce, par M. Bret. *A Paris, par la compagnie des libraires associés*, 1773, 6 vol. in-8°, fig., mar. rouge, dos ornés, fil., tr. dor. (*Rel. anc.*)

Édition ornée de la première suite des figures de *Moreau*, une des collections les plus remarquables d'estampes publiée au siècle dernier.

Bel exemplaire de premier tirage, avec les pages doubles au tome premier, et les figures en très belles épreuves, dans une bonne reliure ancienne, fraîche et bien conservée. Les exemplaires dans cet état sont très rares.

93. MOLIÈRE. Le Tartuffe ou l'Imposteur, comédie par J. B. P. Molière. *A Paris, chez Claude Barbin,* 1673, in-12, mar. rouge jans., dent. int. tr. dor. (*Trautz-Bauzonnet.*)

94. MOLIÈRE. Illustrations pour le Théâtre de Molière, dessinées et gravées à l'eau-forte, par Edmond Hédouin. *Paris, D. Morgand*, 1888, in-4°, en feuilles, couv.

Épreuves sur papier vélin du Marais avant la lettre et avant l'encadrement, avec la signature autographe de l'artiste.

95. MONNIER (H.). Scènes de la ville et de la campagne, avec vignettes sur bois par Henry Monnier, gravées par Gérard. *Paris*, *Dumont*, 1841, 2 vol. in-8°, br

Édition originale, avec les couvertures.

96. MONNIER (H.). Les Bas-Fonds de la Société. *Paris*, *J. Claye*, 1862, in-8°, pap. vergé, mar. br. jans., dent. int., tr. dor. (*Hardy-Mennil.*)

Édition tirée à très petit nombre et non mise dans le commerce.

Bel exemplaire relié sur brochure.

97. MONUMENS DE LA VIE PRIVÉE DES DOUZE CÉSARS, d'après une série de pierres gravées sous leur règne. *A Caprées, chez Sabellus (Nancy, Le Clerc)*, 1780, in-4°, pl. — MONUMENS DU CULTE SECRET DES DAMES ROMAINES. *A Caprées, chez Sabellus (Nancy, Le Clerc)*, 1784, in-4°, pl. Ens. 2 vol. in-4°, pl., veau marbr., dos ornés, fil., tr. dor. (*Rel. anc.*)

PREMIÈRES ÉDITIONS. Beaux exemplaires. Le texte est de d'Hancarville et les planches de Denon.

98 MURGER (H.). La Vie de Bohême, illustrée par André Gill. *Paris, Librairie illustrée, s. d.*, gr. in-8°, texte encadré, pl. color., cart., dos et coins de perc., non rog., couv. (*Pierson.*)

99. MUSÉE DE LA RÉVOLUTION. Histoire chronologique de la Révolution française, ornée de gravures sur acier, par Frilley, d'après les dessins de Raffet. *Paris, Perrotin*, 1834, in-8°, demi-rel., dos et coins chagrin brun, tête dor., *non rogné.* (*Rel. du temps.*)

Bel exemplaire de ce volume orné de 45 planches gravées d'après les dessins de *Raffet* (sauf 2), épreuves sur papier de *Chine*, et de vignettes gravées sur bois par *Lacoste*. Rare.

100. MUSÉE ou Magasin comique de Philipon, contenant près de 800 dessins, par MM. Cham, Daumier, Dollet, Gavarni, Grandville, Eug. Lami, Lorentz, Vernier et autres. Texte par MM. Bourget, P. Borel, Cham, L. Huart, Lorentz, Marco Saint-Hilaire et Ch. Philipon. *Paris*, *Aubert et Cie*, *s. d.* (1842), 2 tom. en 1 vol., gr. in-4°, nombr. fig. sur bois dans le texte, demi-rel. mar. r. à long grain.

101. MUSÉE POUR RIRE (Le). Dessins par tous les caricaturistes de Paris. Texte par MM. Maurice Alhoy, Louis Huart et Ch. Philipon. *Paris*, *Aubert*, 1840, 3 vol. in-4°, fig. de MM. Daumier, Gavarni, Grandville, Traviès, etc.; demi-rel. chag. vert.

Bon exemplaire relié, avec la couverture illustrée de l'éditeur.

102. NATALIS. Adnotationes et Meditationes in Evangelia quae in sacrosancto Missae sacrificio toto anno leguntur. Auctore

H. Natali, societatis Jesu theologo. *Antuerpiæ, excudebat Martinus Nutius*, 1594, in-fol., vélin, riches comp., tr. dor. *(Rel. anc.)*

Superbe exemplaire de ce volume orné de 153 estampes de *Wierix* et *Collaert*, gravées d'après les dessins de *M. de Vost* et *B. Passerus*. Ces estampes sont de toute beauté et sont ici en premier tirage avec le frontispice à la date de 1593.

La reliure en vélin à recouvrements est de la plus grande richesse et parfaitement conservée. Le dos et les plats sont couverts d'arabesques, filets et milieux dorés.

103. Nouveaux Contes a rire, et Aventures plaisantes, ou Récréations françoises, vingtième édition, enrichie de figures en taille-douce. *A Cologne*, *chez Roger Bontemps*, 1722, 2 vol. in-12, mar. rouge, encadrem. de fil, avec coins dorés, dent. int., tr. dor. (*Lortic.*)

Bel exemplaire de la meilleure édition.

1 frontispice dessiné et gravé par G. Schoute, le même pour le 2e volume, et 63 vignettes à mi-pages, non signées, dans le genre de Romain de Hooge ou de Harrewyn.

104. Office de la Semaine sainte, en latin et en françois, à l'usage de Rome et de Paris. Imprimé par Ordre de Madame Adélaïde de France. *A Paris*, *chez*

Guillaume Desprez, 1754, in-8°, mar. rouge, dos orné, large dent. couvrant presque entièrement les plats, gardes de pap. dor., tr. dor.

Exemplaire aux armes de Madame Adélaïde, fille de Louis XV.

105. ORLÉANS (JOSEPH D'). Histoire des Révolutions d'Angleterre depuis le commencement de la monarchie jusqu'à présent, par le Père d'Orléans. *Amsterdam, David Mortier,* 1714, 3 vol. pet. in-8° réglés, mar. rouge, dos ornés, fil., doublé de mar. rouge, tr. dor. (*Rel. anc.*)

Bel exemplaire dans une jolie reliure de *Boyet*, parfaitement conservée. De la bibliothèque du baron de La Roche La Carelle.

106. OVIDE. Les Métamorphoses d'Ovide, en latin et en françois, de la traduction de M. l'abbé Banier, de l'Académie royale des inscriptions et belles-lettres, avec des explications historiques. *Paris, Despilly, Delalain et Le Clerc*, 1767-1771, 4 vol. in-4°, v. marb., dos ornés, fil., tr. marb. (*Rel anc.*).

Bel exemplaire de premier tirage contenant :
1 frontispice, 3 planches de dédicace, 4 fleurons sur les

titres des volumes, 30 vignettes et un superbe cul-de-lampe à la fin du dernier volume, et 140 figures, dessinées par Boucher, Eisen, Gravelot, Leprince, Monnet, Moreau, Parizeau et Saint-Gois, gravées par Baquoy, Basan, de Launay, Lemire, de Longueil, Masquelier, Née, Ponce, Saint-Aubin, etc. Le frontispice, les planches de dédicace, le cul-de-lampe, les fleurons des trois premiers volumes et les vignettes sont dessinés et gravés par Choffard, sauf le fleuron du 4e volume et 4 vignettes de Monnet, gravées par Choffard.

107. PANTHÉON CHARIVARIQUE. (*A Paris*), *impr. d'Aubert et Cie, s. d.* (1840), in-4°, demi-rel. bas., dos orné, tr. jasp.

105 portraits-charges, par Daumier, H. Vernet, Ad. Adam, Grandville, Traviès, Gavarni, etc.

108. PARIS. Vues pittoresques des principaux édifices de Paris. Suite de 54 planches en couleur, d'après Testard. *A Paris, chez les frères Campion,* in-8°, maroq. rouge, tr. dor. (*Rel. anc.*)

Rare.

109. PARIS. A Tour Through Paris illustrated With Twenty-one coloured plates, accompanied with descriptive letterpress. *London, s. d.* (1824), gr. in-4°, fig., demi-rel. chag., tr. jasp.

21 planches en couleurs représentant : Distribution de

vin à la Saint-Louis, — Le Départ des voitures publiques pour Versailles, — L'Aveugle du pont des Arts, — Danseurs d'échasses aux Champs-Élysées, — Bureau de Nourrices, — Poissardes et Forts des Halles en fête, près la statue de Henri IV, — École de Natation, — Loueurs de Journaux aux Tuileries, — Catacombes, — Types des Rues, — Prestidigitateur du Château-d'Eau, — La Morgue, — Le Canon du Palais-Royal, — Madame la duchesse de Berry sur la terrasse du bord de l'eau, etc.

110. PERRAULT. Les Contes de Perrault, dessins par Gustave Doré, préface par P. J. Stahl. *Paris*, *J. Hetzel*, 1862, in-fol., mar. rouge, dos orné, encadrement de fil., milieux et coins dorés à petits fers, dent. int., tr. dor. (*Capé.*)

Premier tirage des illustrations de G. Doré, avec les figures tirées sur Chine *avant la lettre.*

Tache sur le plat supérieur de la reliure.

111. PHÈDRE. Fabularum Æsopiarum Libri V. Notis illustravit in usum serenissimi principis Nassavii David Hoogstratanus. Accedunt ejusdem opera duo Indices, quorum prior est omnium verborum, multo quam antehac locupletior, posterior eorum, quæ observatu digna in notis occurrunt. *Amstelædami*, *ex typographia Francisci Halmæ*, 1701, in-4°, front.,

portr., vign. et fig., mar. rouge, fil., tr. dor. (*Rel. anc.*)

Très belle édition renfermant de nombreuses illustrations, frontispice, portraits, en-têtes, 31 culs-de-lampe, 18 grandes figures, etc.

Exemplaire relié par *Padeloup*, avec dos orné à la grotesque et très bien conservé.

112. POMPADOUR (Marquise de). Suite d'Estampes gravées par Mme la Marquise de Pompadour, d'après les pierres gravées de Guay, graveur du Roy, *s. l. n. d.* (*Paris, de l'imprimerie de Prault*, 1782), in-4°, titre gravé, 14 pp. de texte et 70 planches, portr., mar. vert, dos orné, fil., tr. marb. (*Rel. anc.*)

Curieux recueil, très rare, dans lequel se trouvent : la planche de *Rodogune*, dessinée par Boucher, gravée à l'eau-forte par Mme de Pompadour, et retouchée par C. N. Cochin, le portrait de la marquise, par Boucher, et le portrait de la Belle Jardinière *Madame de Pompadour*, par Vanloo.

113. PRECES PIÆ. In-16, mar. br., tr. dor. (*Trautz-Bauzonnet.*)

Charmant petit manuscrit, écrit sur vélin très fin, vers la fin du xve siècle, dans les Flandres. Les pièces contenues dans les derniers feuillets sont en flamand. Ce livre d'heures est orné de 26 MINIATURES, qui presque toutes occupent, avec les ornements qui en dépendent, une page entière. La page placée en face de la miniature et la miniature elle-même sont ordinairement ornées d'un encadrement, où des oiseaux, des insectes, des fleurs, sont peints sur fond d'or avec la plus grande finesse. Les fleurs notamment sont d'une excellente exécution. Les sujets traités sont, comme toujours, empruntés aux principales scènes de l'Ancien et du Nouveau Testament; mais ici, ce qui n'est pas ordinaire, ils présentent autant d'originalité dans la conception que de finesse dans l'exécution. Nous appellerons notamment l'attention sur les miniatures 3, 11, 12, 13, 19 : *Saint Jean l'évangéliste, l'Annonciation, la Visitation, J.-C. dans le Jardin des Olives* et le *Massacre des Innocents*, où la vérité des détails d'intérieur, d'architecture, de paysage, et la sûreté de la main du peintre indiquent qu'elles sont l'œuvre d'un véritable artiste. On remarquera dans l'encadrement de la seconde miniature une scène bizarre : un enfant couronné de feuillage et assis sur un animal fantastique lancé au galop; auprès, un autre enfant traîne par le cou un gros oiseau aquatique, une grue, à ce qu'il semble. La même scène est reproduite dans l'encadrement de la page opposée.

Le manuscrit, qui est de la conservation la plus parfaite, contient en outre un nombre considérable de majuscules et d'initiales de diverses dimensions en or et en couleur.

Hauteur du ms. : 110 millim.

114. PREPARATIO AD MISSAM. (In fine:) *N. Jarry fecit*, 1633, pet. in-8°, mar. rouge, comp., tr. dor. (*Aux armes de Dominique Séguier.*)

Beau manuscrit sur vélin, composé de 64 feuillets et orné d'une très belle miniature représentant saint Dominique agenouillé devant la sainte Vierge. Une note, deux fois transcrite, au commencement et à la fin du volume, et datée du 17 août 1799, nous apprend que ce livre fut exécuté « pour Dominique Séguier, évêque de Meaux, qui baptisa Louis XIV (mort en 1657) ». A la fin du volume on lit en lettres d'or : N. IARRY FECIT 1633. Il provient de la vente Chardin (*Paris, De Bure,* 1823), où il figurait sous le n° 131 du catalogue, et en dernier lieu de la vente des manuscrits de Mme la duchesse de Berry, faite en 1864 (n° 30 du catalogue, vendu 800 fr.). Sur le premier feuillet de garde se trouve la signature de cette princesse.

M. Brunet, après avoir donné dans sa notice sur les mss. de Jarry (*Manuel,* III, col. 512) la description de celui-ci, ajoute : « Si la date en était authentique, ce livre serait la plus ancienne production de Jarry. » L'antériorité admise de cette œuvre sur toutes celles qu'on connaît du célèbre calligraphe donnerait, selon nous, la raison pour laquelle on n'y trouve pas la même perfection qui se remarque dans ses autres ouvrages. C'est que ce serait son coup d'essai, son début.

115. RABELAIS. Les Œuvres de M. François Rabelais, docteur en médecine. Dont le contenu se voit à la page suivante. Augmentées de l'avis de l'auteur et de quelques remarques sur sa vie et sur l'histoire. Avec l'explication de tous les mots difficiles. *S. l.* (*Amsterdam, Elzevier*), 1663, 2 vol. pet. in-12, mar. rouge, dos ornés, large dent., tr. dor. (*Derome.*)

Très bel exemplaire en papier fin et dans une jolie

reliure, de la première édition *elzévirienne*. Hauteur, 129 millim.

116. Rabelais. Œuvres de Maître François Rabelais, avec des remarques historiques et critiques de M. Le Duchat. Nouvelle édition, ornée de figures de B. Picart, etc. *Amsterdam*, *Jean-Frédéric Bernard*, 1741, 3 vol. in-4°, veau f., dos ornés. (*Rel. anc.*)

1 superbe frontispice dessiné et gravé par Folkema; 1 titre gravé par B. Picart, pour les premier et troisième volumes; 1 fleuron sur le titre de ces deux volumes et un autre fleuron différent sur le titre du second, 3 gravures topographiques, 1 portrait de Rabelais, gravé par Tanjé; 8 culs-de-lampe par Picart, et 12 estampes par Du Bourg, gravées par Bernaerts, Folkema et Tanjé.

117. Rabelais. Œuvres contenant la vie de Gargantua et celle de Pantagruel, précédées d'une notice historique sur la vie et les ouvrages de Rabelais, augmentée de nouveaux documents, par P. L. Jacob, bibliophile, etc. Illustrations par G. Doré. *Paris*, *J. Bry*, 1854, in-4°, demi-rel., dos et coins de mar. orange, dos orné mosaïque, fil., tête dor., non rog. (*Brany.*)

Bel exemplaire du premier tirage des illustrations de

Gustave Doré, avec couverture, provenant de la bibliothèque de M. *Eugène Paillet, avec sa signature.*

118. RACINE (J.). Œuvres de Racine. *Paris*, 1760, 3 vol. in-4°, fig., veau marb., dos ornés, fil., tr. r. (*Rel. anc.*)

1 portrait par Daullé, 3 fleurons sur les titres par de Sève, 12 figures, 13 vignettes et 60 culs-de-lampe, tous par de Sève, gravés par Aliamet, Baquoy, Flipart, Legrand, Lemire, Lempereur, Sornique et Tardieu.

Quelques mouillures.

119. RECUEIL de LITHOGRAPHIES COLORIÉES, en 1 vol. in-4° oblong., rel. peau de daim, tr. jasp.

Curieux recueil composé comme suit :

1° Le Diable boiteux à Paris, par Gabriel Scheffer. *Paris*, 1830, couverture et 12 planches.

2° Les Contrastes, par Paul Louis (et Traviès), couverture et 31 planches à deux sujets par planche.

3° Album pour rire, par Ch. Philipon, couverture et 24 planches.

4° Les Signalemens, 4 planches.

Ensemble 71 planches coloriées.

120. RECUEIL DE PORTRAITS de souverains, grands seigneurs, dames allemandes (dans le goût de ceux de N. et H. Bonnart). *Christoph Weigel exc. Nuremb.*, en 1 vol. in-folio, vélin. (*Rel. anc.*)

Belle suite de 100 planches finement coloriées et rehaussées d'or et de paillettes.

121. REGNARD. Œuvres, nouvelle édition, revue, exactement corrigée et conforme à la représentation. *A Paris, chez Maradan,* 1790, 4 vol. in-8°, portr. et fig., maroq. rouge, dos ornés, dent. sur les plats., tr. dor. (*Bradel-Derome.*)

Portrait de Regnard et 12 figures par Borel et Bornet. Bel exemplaire, jolies épreuves des figures.

122. RESTIF DE LA BRETONNE. Le Paysan perverti, ou les Dangers de la ville; histoire récente, mise au jour d'après les véritables lettres des personnages. *A La Haie, et se trouve à Paris, chez Esprit,* 1776, 8 parties en 4 vol. in-12, fig., demi-rel. mar. bl., dos ornés, fil., tr. dor.

84 figures y compris 8 frontispices par Binet, gravées par Berthet et Le Roy; *quelques planches sont remontées.*

123. RESTIF DE LA BRETONNE. La Paysanne pervertie, ou les Dangers de la ville; histoire d'Ursule R***, sœur d'Edmond, le Paysan, mise au jour d'après les lettres des personnages. *A La Haie, et se trouve à Paris, chez la dame veuve Duchesne,* 1784, 8 parties en 4 vol.

in-12, fig., demi-rel. chag. bl., dos ornés, tr. dor.

38 figures dont 8 frontispices par Binet, gravées par Berthet, Giraud le Jeune et Le Roy, ou non signées. *Quelques figures plus courtes.*

124. RICHARDSON. Lettres anglaises ou Histoire de Clarisse Harlove. Nouvelle édition, augmentée de l'éloge de Richardson, des Lettres posthumes et du Testament de Clarisse. Avec figures. *A Paris, chez les Libraires associés*, 1766, 13 tomes en 6 vol. — NOUVELLES LETTRES ANGLOISES ou Histoire du Chevalier Grandisson, par l'auteur de Paméla et de Clarisse. *A Amsterdam*, 1765-1766, 4 vol. Ensemble 10 vol. in-12, portr. et fig., mar. rouge, dos ornés, fil., tr. dor. (*Rel. anc.*)

Très beaux exemplaires de ces deux romans aux armes de Madame la comtesse d'ARTOIS.

125. SAINT-PIERRE (B. DE). Paul et Virginie (suivi de la Chaumière indienne). *Paris, L. Curmer*, 1838, gr. in-8°, fig., mar. gren., dos et plats ornés, tr. dor. (*Simier.*)

Bel exemplaire dans une très riche et très curieuse reliure dans le goût oriental.

126. Saintes Prières (Les) de l'ame chrestienne. Escrites et gravées après le naturel de la plume. Par P. Moreau, Mre Escrivain Juré à Paris. *Paris, chez I. Henaul*, 1656, in-12, mar. rouge, dos orné, fil., milieux et coins dorés, tr. dor. (*Rel. anc.*)

Très joli volume entièrement gravé larges bordures à chaque page avec fleurs, fruits et arabesques.

127. Sand (George). Mauprat. *Paris, Félix Bonnaire*, 1837, 2 vol. in-8°, cart., *non rog.*

Édition originale. Bel exemplaire.

128. Scarron. Le Roman Comique. Suite de 25 planches, par J. B. Oudry. *A Paris, chez Desnos*, in-folio, cart.

Épreuves anciennes.

129. Shakspeare (Galerie des personnages de), reproduits dans les principales scènes de ses pièces, avec une analyse succincte de chacune des pièces de Shakspeare et la reproduction en anglais et en français des scènes auxquelles se rapportent les 80 gravures dont cet

ouvrage est orné, par Amédée Pichot, précédée d'une notice biographique de Shakspeare, par Old Nick. *Paris, Baudry*, 1854, in-fol., demi-rel., dos et coins de mar. r., tête dor., non rog. (*Taches de rousseur.*

Très belles illustrations. Les planches sont tirées sur Chine de format in-fol. Ces figures peuvent s'ajouter dans toutes les éditions in-8° de Shakspeare.

Premier tirage.

130. Sonnets et Eaux-fortes, par A. Houssaye, G. Lafenestre, V. de Laprade et autres. *Paris*, *Lemerre*, 1869, in-folio, titre orné et 42 eaux-fortes, demi-rel., dos et coins de mar. r., tête dor., non rog., couv. (*H. Lefèvre.*)

Bel exemplaire sur PAPIER DE CHINE, contenant les planches en 2 états, en noir sur Chine et en bistre sur papier vélin, ÉPREUVES AVANT LA LETTRE.

131. Swift. Voyages de Gulliver, traduits par l'abbé Desfontaines, nouvelle édition. *Paris, Musier,* 1772, 2 vol. in-12, fig., mar. vert, dos ornés, fil., dent. int., tr. dor. (*Capé.*)

2 fleurons et 4 jolies figures non signées.

Bel exemplaire auquel on a ajouté : la suite du frontispice et des 9 jolies figures dessinés par LEFEBVRE et gravés par MASQUELIER.

ÉPREUVES AVANT LA LETTRE.

132. SWIFT. Voyages de Gulliver dans des contrées lointaines, par Swift. Édition illustrée par Grandville. Traduction nouvelle. *Paris*, *H. Fournier*, 1838, 2 vol. in-8°, fig., veau, orn. à froid couvrant entièrement les plats, tr. dor. (*Capé.*)

Bel exemplaire de PREMIER TIRAGE.

133. TABLEAUX DES HABILLEMENTS, des mœurs et des coutumes en Hollande, au commencement du XIXe siècle. (Texte hollandais et français.) *Amsterdam*, *Naaskamp*, *s. d.*, (1803), in-4°, 20 pl. color. cart.

20 planches coloriées.

134. THÉATRE DE CAMPAGNE, par l'auteur des Proverbes dramatiques (Carmontelle) *A Paris*, *chez Ruault*, 1775, 4 vol. in-8°, mar. rouge, dos ornés, fil., gardes de papier doré, tr. dor. (*Rel. anc.*)

Bel exemplaire aux armes du duc d'Orléans.

135. TIROIR DU DIABLE (Le). Paris et les Parisiens, mœurs et coutumes, caractères et portraits des habitants de Paris, etc., etc., par MM. de Balzac, E. Sue, G. Sand, H. Monnier, J. Janin, A. de Musset, Ch. Nodier, etc. Illustrations par Gavarni, Bertall, Champin, Bertrand, d'Aubigny, Français. *Paris, chez les principaux libraires, s. d.*, 2 vol. in-4°, br., couv.

136. TRAVIÈS (C. J.). Miroir grotesque, par G. F. Traviès. *Paris, chez l'auteur, s. d.*, in-4° de 23 pl. coloriées. — Fables choisies de La Fontaine, mises en action, et lithographiées par Levilly. *Paris, chez Danty, s. d.*, in-4° de 15 pl. en travers, coloriées. — La Petite Ménagerie. *Paris, Martinet,* 12 pl. lithographiées en travers, par Ganerey, coloriées. — Chien d'arrêt. — La Chasse et la Pêche, deux lithogr. en couleurs par Grandville. 1 vol. in-4°, demi-rel. veau.

Curieux recueil de lithographies. On a relié avec ce volume les deux couvertures illustrées du *Miroir grotesque* et des *Fables de La Fontaine*.

137. TROUPES FRANÇAISES AU TEMPS DU PREMIER EMPIRE. — Infanterie. — Cavalerie légère. — Cavalerie. *A Paris, chez Martinet, libraire, rue du Coq, 13 et 15.* (1805 à 1810.) 3 vol. in-8°, demi-rel. maroq. rouge, dos ornés, coins, tr. jasp. *(Rel. de l'époque.)*

Très précieuse suite de 298 planches coloriées.

Sur la garde du premier volume on lit en écriture du temps : *Cet ouvrage a appartenu à S. M. le roi de Rome.*

138. VADÉ (J. J.). Œuvres poissardes, suivies de celles de L'Ecluse; édition tirée à 300 exemplaires, dont 100 sur grand papier, et ornée de figures imprimées en couleur. *Paris, Defer de Maisonneuve, de l'imprimerie de Didot le jeune,* l'an IV, 1796, gr. in-4°, cart., non rog.

Très bel exemplaire, *entièrement non rogné,* en GRAND PAPIER VÉLIN, avec les 4 belles gravures coloriées de *Monsiau,* gravées par Clément, AVANT LA LETTRE. Rare.

139. VERNET (Horace). Incroyables et Merveilleuses. *S. l. n. d.,* in-fol., demi-rel. bas.

Suite complète de 33 estampes de costumes, gravées par Catine, d'après *H. Vernet.* SUPERBES ÉPREUVES COLORIÉES. Très rare.

140. VIRGILE. Publii Virgilii Maronis Bucolica, Georgica et Æneis, illustrata, ornata et accuratissime impressa. *Londini, J. et P. Knapton*, 1750, 2 vol. maroq. bleu, dos ornés, fil., dent. int. doublé de tabis, tr. dor. (*Rel. anc.*)

Bel exemplaire recouvert d'une fraîche reliure.

1 fleuron sur chaque titre, 58 figures de médailles, de bas-reliefs, etc., cul-de-lampe, par Bonneau et Wilson.

141. VOLTAIRE. ŒUVRES COMPLÈTES DE VOLTAIRE (avec des avertissements et des notes par Condorcet, imprimées aux frais de Beaumarchais). (*Kehl*), *De l'imprimerie de la Société littéraire typographique*, 1784-1789, 70 vol. gr. in-8°, mar. bleu, dos ornés, fil., tr. dor. (*Koehler.*)

Superbe exemplaire en GRAND PAPIER VÉLIN contenant :

1° La première suite des figures dessinées par *Moreau*, épreuves AVANT LA LETTRE. Cette collection complète est aujourd'hui de la plus grande rareté. Quelques-uns des portraits qui accompagnent cette suite sont AVANT LA LETTRE.

2° La seconde suite complète des figures dessinées par *Moreau* et les portraits divers par *Saint-Aubin*, 160 pièces. ÉPREUVES AVANT LA LETTRE. Rare.

3° La suite des figures anglaises attribuées à *Marillier* pour la *Pucelle*.

4° La suite de *Desenne*, épreuves AVANT LA LETTRE (45 pièces sur 80).

5° La suite de *Monnet*, pour les *Romans et Contes*, épreuves AVANT LES NUMÉROS (26 pièces sur 58). La pl. représentant Candide prêt à tirer sur les singes est en premier état, découverte.

6° 13 portraits de *Ficquet* en magnifique état, savoir : Voltaire, avant les vers dans la tablette. — Boileau, épreuve d'essai. — Bossuet, très rare épreuve AVANT LA LETTRE. — Corneille, épreuve avant le nom des artistes. — Fénelon, dans le même état. — La Fontaine, épreuve dite *au ruisseau blanc*. — Molière, avant le nom des artistes, très rare. — Regnard et J. J. Rousseau, avant les noms des artistes. — J. B. Rousseau, AVANT LA LETTRE, très rare. — Mme de Maintenon, Crébillon, et un 2e portr. de Voltaire, avant les vers. Quelques-uns de ces portraits sont de la plus grande rareté et obtiennent séparément dans les ventes des prix fort élevés.

7° 11 portraits de *Savart* dont 5 AVANT LA LETTRE et 3 en épreuves d'état.

8° 1 portrait d'*Edelinck* AVANT LA LETTRE, 3 de *Marcenay* dont celui de Jeanne d'Arc AVANT LA LETTRE, de *Langlois*, 1 de *Daullé*, 2 de *Saint-Aubin*, 21 portraits divers et 19 pl. diverses par *Moreau*, *Marillier*, *Lebarbier*, *Boucher*, etc., tirées des Métamorphoses d'Ovide, du Métastase, etc.

142. WATTEAU. Suite des figures inventées par Watteau, gravées par son ami C.(ochin), in-8°.

Très jolie suite composée de 1 titre et de 24 planches gravées à l'eau-forte.

143. WATTEAU (Antoine). Figures françaises et comiques. Nouvellement inventées par

M. Watteau, Peintre du Roy. *Se vendent à Paris, chez le S[r] Du Change, s. d.*, in-8°, en feuilles.

Titre gravé et 7 planches gravées par *Desplaces, Thomassin* et *Cochin*.

Épreuves avant les numéros à toutes marges. Très rare.

144. WATTEAU (Antoine). Figures de modes dessinées et gravées à l'eau-forte par Watteau et terminées au burin par Thomassin le fils. *A Paris, chez Duchange, s. d.*, in-8°, en feuilles.

Cette suite complète se compose de 12 pièces y compris le frontispice. Sur ces 12 pièces, sept ont été gravées par *Watteau* lui-même, les autres l'ont été par *Thomassin, Desplaces* et *Jeaurat*. Voy. sur les compositions de cette suite : Rob. Dumesnil, II, 181-186.

Très rares épreuves du troisième état, à toutes marges.

OBJETS DE VITRINE

TABATIÈRES & BONBONNIÈRES

145. Jolie petite boite ovale en or émaillé en plein, du temps de Louis XV, décorée de six médaillons de personnages et d'attributs représentant des scènes d'intérieurs dans le goût des maîtres flamands. Le reste de la boîte est couvert d'ornements finement gravés.

146. Charmante petite boite oblongue en or gravé et émaillé en plein. Elle offre sur chacune de ses six faces un médaillon de fleurs en couleurs. Le fond d'émail vert transparent, sur lequel sont réservés des vases et des ornements rocaille finement gravés, permet de voir un travail de gravure sur or à mille raies, ainsi que des branches de fleurs. On lit sur la gorge : *Garand, à Paris.* Époque Louis XV.

147. Charmante bonbonnière ronde en cristal de roche taillé à cuvette, montée à gorge à charnière

et garnie d'une riche monture en or ciselé, rehaussé d'émaux saillants, imitant des fleurs et des feuillages. Cette monture se compose de galons et d'une ceinture d'entrelacs découpés.

Précieux travail du temps de Louis XVI.

La gorge porte l'inscription : *du petit Dunkerque.*

148. Bonbonnière Louis XVI, forme dite ballon, en or guilloché et émaillé gros bleu, enrichie de rosaces et de cordons de feuillages exécutés en or et en émaux de couleurs.

149. Jolie boite oblongue du temps de Louis XV, en or gravé, à sujets champêtres émaillés en plein et réservés en émaux translucides sur le fond d'or gravé à quadrillages. Cette boîte, doublée en or, est montée à cage en or gravé à ornements rocaille.

150. Boite oblongue composée de six jolis petits panneaux d'ancien laque du Japon, à fond noir et à décor d'or représentant des paysages. Riche monture à cage en or ciselé, à rosaces du temps de Louis XVI. La boîte est doublée en or.

151. Boite oblongue du temps de Louis XVI, composée de six panneaux d'or décorés de trophées et d'attributs divers, gravés et émaillés bleu sur fond

guilloché, à mille raies ondulées. Monture à cage en or gravé à ornements, entrelacs et rosaces.

152. Bonbonnière ronde du temps de Louis XVI, en or guilloché à rayons et émaillé bleu, avec cordons d'émail blanc et couronnes de feuillages et de festons rapportés en or sur le fond bleu.

153. Boite oblongue à angles arrondis, en or émaillé gros bleu et recouvrements de bas-reliefs à rinceaux, fleurs, feuillages et mascarons en or repoussé et repercé à jour. Travail anglais.

154. Boite a cure-dents de forme oblongue, à angles coupés, en or à filets émaillés bleu; dessus décoré d'un buste de guerrier peint en grisaille sur fond bleu et de rosaces émaillées violet sur fond noir. Époque Louis XVI.

155. Bonbonnière ronde du temps de Louis XVI, couverte d'un dessin exécuté à l'aide de pointes d'acier variées de formes. Le fond est uni et forme miroir. Elle est doublée en écaille.

156. Petite boite oblongue du temps de Louis XV, en or de couleurs ciselé, à bouquets de fleurs sur fond gravé rayonnant et encadrements composés de rocailles et de branches de laurier.

157. Drageoir de forme contournée en or, du temps de la Régence. Le dessus et le fond sont décorés de coquilles en relief.

158. Boite ovale du temps de Louis XVI, en or guilloché, à quadrillages et enrichie de cordons et de rosaces ciselés en relief.

159. Petite bonbonnière ronde du temps de Louis XVI en or de couleurs guilloché et ciselé, à perles et ornements en relief. Elle est doublée en écaille.

160. Charmante petite boite oblongue et à contours, décorée d'ornements polychromes et d'ornements rapportés en or, sur fond d'émail blanc. Elle est montée à gorge à charnière en or. Époque de la Régence.

161. Boite en forme de pomme en ancienne porcelaine de Saxe, décorée au naturel et montée à gorge à charnière en or ciselé. Époque Louis XV.

162. Petite boite a jetons en ancien biscuit de Sèvres, à fond bleu et figures rapportées en blanc sur le couvercle. Elle contient quatre jetons décorés chacun d'un buste en relief : personnages de la famille royale. Époque Louis XVI.

163. Boite oblongue en or gravé, à ornements ondulés et compartiments guillochés. Époque Louis XV.

164. Grande boite carrée en vernis de Martin, à sujets finement peints dans le goût de Teniers et attribués à *de Lioux de Savignac.* Elle est doublée en or et montée à cage en or ciselé. Époque Louis XV.

165. Boite oblongue en vernis de Martin, décorée de bouquets de fleurs gravés et couverts seulement par une couche de vernis vert transparent. Les encadrements sont formés d'ornements rocaille dorés et elle est garnie d'une gorge à charnière en or. Époque Louis XV.

166. Boite ovale décorée de sujets champêtres dans le goût de Boucher et montée à charnière en doublé d'or sur argent.

167. Bonbonnière ronde du temps de Louis XVI, en or guilloché émaillé gris bleuté et enrichie de cordons à torsades et d'un médaillon de fleurs de couleurs ciselé. Cette pièce a été réémaillée.

168. Petite boite ovale en or ciselé du temps de Louis XVI, émaillée gris perle, sur fond guilloché. Cette pièce a été réémaillée.

169. Petite boite de style Louis XVI en or ciselé et émaillé rouge, sur fond guilloché. Le couvercle est enrichi d'un petit sujet rapporté en or de couleurs ciselé. Cette boîte a été réémaillée.

170. Boite longue en vernis de Martin, décorée de sujets champêtres, à personnages et attributs dans le goût de Watteau, en couleurs sur fond vert transparent. Les divers sujets sont encadrés d'ornements dorés. La charnière et le bec sont en or. Époque Louis XV.

171. Petite bonbonnière ronde en vernis de Martin, à fond doré, et décorée sur le couvercle de deux enfants jouant avec une chèvre. Les bords de la boîte sont réservés en vert. Époque Louis XV.

172. Boite ronde en vernis de Martin, à fond gris, décorée de bandes d'ornements en grisaille et offrant sur le couvercle un sujet mythologique figuré par des enfants et peint en couleurs. Époque Louis XV.

173. Couvercle de boite ronde, de décor analogue à celui de la boîte qui précède. Le sujet représente une scène enfantine militaire.

174. Boite ronde en vernis de Martin, décor dit à queue de paon, galonnée d'or et doublée en écaille. Le couvercle présente les bustes de profil et en regard de Louis XVI et de Marie-Antoinette appliqués sur fond de verre bleu. Époque Louis XVI.

175. Deux pièces : boîte en nacre, montée en argent,

et drageoir en écaille posée d'or, également monté en argent.

176. Boite à deux tabacs en cuivre repoussé et doré, à sujets de chasse et de pêche en relief. Époque Louis XV.

177. Bonbonnière du temps de Louis XVI, en poudre d'écaille grise, galonnée d'or, à torsades.

178. Boite du temps de la Régence, en nacre sculptée à trophées et montée à cage en cuivre doré. Le couvercle est orné d'une peinture en émail qui représente une scène de la Comédie italienne, à trois personnages : Colombine, Pierrot et Arlequin.

179. Bonbonnière ronde en poudre d'écaille bleue incrustée de petites bandes d'or uni et galonnée d'or. Époque Louis XVI.

180. Très petite tabatière du temps de la Régence, arrondie à ses extrémités, en or uni à moulures, et accompagnée de sa petite cuillère, aussi en or.

181. Jolie boite ovale du temps de Louis XVI, présentant dans toutes ses parties des bandes d'or et de burgau alternant et garnie de galons d'or gravé.

Le couvercle, ouvrant à charnière, est orné

d'une miniature ovale sur ivoire qui représente un portrait de jeune femme et qui est encadré d'ornements en or gravé et découpé, ainsi que d'un cercle de jargons.

182. Boite oblongue montée à cage en or gravé à ondulations et doublée en or. Elle offre sur chacune de ses six faces des plaques de nacre gravée cloutées d'or et enrichies de branches de pensées et d'insectes exécutés en or émaillé et incrustées. Époque Louis XV.

183. Drageoir dont le fond et le dessus sont formés de plaques de cristal de roche reliées entre elles par une monture à charnière en or finement ciselé à fleurs, attributs et ornements rocaille. Le couvercle est, de plus, orné d'un paysage exécuté en laque et or rapporté qui se détache sur le fond de cristal de roche. Époque Louis XV.

184. Drageoir dont le fond et le dessus sont formés de plaques rectangulaires en écaille piquée d'or et enrichie d'ornements et de fleurs incrustés d'or et de nacre gravés. Ces plaques sont reliées par une monture à charnière en argent doré, et l'intérieur du couvercle présente une miniature par *Klingstett*, qui représente un sujet galant à deux personnages. Époque Louis XV.

185. Petite boite ovale du temps de la Régence, en

caillou d'Égypte, montée à gorge à charnière en or ciselé, à fleurs et feuillages. Le couvercle présente une sorte de mosaïque exécutée à l'aide de plaques d'agate, de cailloux d'Égypte et de lapis reliées à l'aide d'encadrements en or gravé.

186. Petite boite ovale en ambre taillé à cuvette et montée à gorge à charnière en or uni. Époque Louis XV.

187. Petite boite ovale en cristal, à côtes au pourtour. Elle est montée à gorge à charnière en or, à godrons, et le couvercle est formé d'une peinture sur émail du temps de Louis XV, qui représente le sujet de l'Enlèvement d'Europe.

188. Boite oblongue en cristal de roche, portant des traces de pyrite et montée à cage en or ciselé, à rocailles et ornements variés. Époque Louis XV.

189. Boite oblongue en agate orientale grisâtre, décorée d'ornements et de coquilles en relief. Elle est garnie d'une monture à charnière en or, à moulures unies. Elle ouvre dans le sens de la largeur.

190. Petite bonbonnière ronde en agate orientale blonde, couverte d'ornements rocaille en or repoussé et découpé à jour. Elle porte, au pourtour

du couvercle, la devise suivante, dont les caractères sont réservés en or sur fond d'émail blanc : *Votre amitié en est le prix*. Époque Louis XV.

191. Bonbonnière ronde en cristal de roche taillé à cuvette. Elle est garnie d'une monture en or de couleur, ciselé à feuilles. Époque Louis XVI.

192. Jolie petite boite oblongue du temps de Louis XV, en agate rubannée, montée à gorge à charnière en or. Le couvercle est enrichi, au pourtour, de rocailles et de fleurs en or repoussé et découpé.

193. Boite en forme de musette, à tête de bouc en bois pétrifié, montée à gorge à charnière en or et enrichie de pierreries. Époque Louis XV.

194. Boite oblongue en malachite, montée à cage en or ciselé, à ornements. Époque Louis XVI.

195. Bonbonnière ronde du temps de Louis XVI, en aventurine de Venise, montée en or de couleur ciselé, à feuillages et doublée en or.

196. Bonbonnière ronde en ivoire uni, doublée d'écaille. Le couvercle est orné d'un médaillon représentant, en ivoire sculpté en bas-relief, un

sujet allégorique à l'Amour, se détachant sur un paillon bleu. On lit au bas du sujet :

Ils seront à leur tour
Couronnés par l'amour.

Époque Louis XVI. (Collection Maze-Sensier.)

197. Bonbonnière forme dite ballon, en ivoire sculpté en bas-relief, à figures d'amours, oiseaux et rocailles. Époque Louis XV.

198. Boite oblongue, laquée noir, incrustée de rocailles et de fleurs en or de couleur gravé et enrichie de six émaux peints, de forme contournée, représentant des sujets de chasse. Elle est doublée en vermeil. Époque Louis XV.

199. Boite oblongue en écaille piquée et posée d'or, à ornements rocaille simulant la dentelle. Époque Louis XV.

200. Jolie boite forme baril, à deux compartiments, en écaille blonde piquée et posée d'or, à ornements rocaille et entrelacs de feuillages; monture à charnière en or. Époque Louis XV.

201. Boite ronde en poudre d'écaille rouge, incrustée de larges rosaces et d'ornements en or de couleur gravé. Elle est garnie de galons en or ciselé. Époque Louis XVI.

202. Bonbonnière ronde en ivoire uni. Le couvercle présente, dans un cercle d'or gravé, un portrait de femme, de profil à droite, exécuté en plâtre, en bas-relief, se détachant sur fond bleu. Époque Louis XVI.

203. Très petite bonbonnière ronde en ivoire, offrant sur le couvercle le buste de Voltaire, de profil à droite, sculpté en bas-relief.

204. Petite boite oblongue, à couvercle bombé, du temps de Louis XIV, en cuivre émaillé, décorée de deux personnages (galant offrant une corbeille de fleurs à une jeune femme assise) et de fleurs en couleurs sur fond blanc. Elle est montée et doublée en argent.

205. Petite boite ronde en poudre d'écaille grise, montée à charnière en or; le couvercle orné d'un petit médaillon en métal : Offrande à l'Amour. Époque Louis XVI.

206. Boite ronde en écaille rouge présentant, sur le couvercle, le buste du dieu Mars, de profil à droite et en bas-relief. Époque Louis XVI.

207. Deux drageoirs de forme contournée : l'un d'eux, du temps de la Régence, en écaille, à côtes en relief en argent sur le couvercle et sujets

incrustés ; l'autre du temps de Louis XV, en argent uni.

208. Boite a cure-dents, à bouts arrondis, en ivoire, ornée, sur le dessus, d'une miniature sur ivoire, à trois personnages.

209. Boite ovale en porcelaine tendre de Tournay, décorée de bouquets de fleurs polychromes, avec encadrements à fond bleu rehaussé de dorure. Elle est montée à gorge à charnière en or, à moulures unies.

210. Boite carrée en ancienne porcelaine de Saxe, décorée de sujets de chasse en camaïeu vert, et offrant à l'intérieur du couvercle un décor polychrome : Vénus et l'Amour dans un paysage. Monture en cuivre.

211. Boite carrée en ancienne porcelaine de Saxe, décorée à l'extérieur de jetés de fleurs polychromes sur fond jaune, et à l'intérieur du couvercle, d'une scène comique entre deux singes, dans un paysage.

212. Petite boite formée d'un canard, en ancienne porcelaine tendre de Mennecy. Montée en argent.

213. Jolie boite en ancienne porcelaine tendre de Chantilly, formée d'une figurine de femme

accroupie, dont la robe est semée de fleurettes polychromes. Monture en argent.

214. Deux pièces : petite boîte formée d'un oiseau en cuivre émaillé, et flacon, formé d'une poire en porcelaine.

215. Boite oblongue à contours, en porcelaine de Saxe, décorée de scènes maritimes encadrées d'ornements dorés et offrant à l'intérieur du couvercle les figures de Colombine et d'Arlequin vus à mi-corps. Monture en argent gravé.

216. Boite de forme contournée, en porcelaine de Saxe, offrant en relief des animaux, des oiseaux et des ornements rocaille rehaussés de couleurs et de dorure. Monture à charnière en argent doré.

217. Drageoir oblong formé de deux plaques de porcelaine de Saxe bombées, décorées de fleurs polychromes, encadrées d'ornements gaufrés en relief, à l'intérieur, une corbeille de fleurs et groupe de deux personnages vus à mi-corps, derrière un tertre. Monture à charnière en cuivre doré.

218. Petite boite oblongue en ancienne porcelaine tendre de Mennecy, gaufrée à quadrillés et décorée de fleurs polychromes. Elle est montée en argent.

219. Boite en forme de clavecin, en cuivre émaillé.

sur le dessus, représentation du clavier et des cordes de l'instrument; au pourtour et au fond, morceaux de musique simulés et inscriptions en vieux français :

Si vous voulèz fixer mon cœur,
Il faut être de bonne humeur.
Si vous restèz indifférante;
Je chercherai une autre amante.
Sans vin et sans amour
Je languis nuit et jour.

A Mademoiselle N. N. Vareille à Paris, etc.

220. Jolie boite du temps de Louis XVI, de forme oblongue, à angles coupés, composée de panneaux d'écaille posée d'or, à paysages et reliés entre eux par une monture à cage en or finement ciselé. Elle est doublée en or et signée *Vachette, à Paris.*

221. Petite boite en forme de mallette en or gravé. Époque Louis XV.

BOITES ORNÉES DE MINIATURES

222. Charmante petite miniature rectangulaire sur vélin par *Van Blarenberghe*, représentant, au premier plan, dans un paysage, le jeu de la main chaude; à droite, quatre personnages devisant; à

gauche, au fond, villageois dansant une ronde. Composition de vingt-quatre personnages.

Cette miniature cerclée d'or est montée sur une boîte d'écaille montée à gorge à charnière en or.

223. QUATRE FIXÉS représentant diverses scènes de *Renaud et Armide*, l'un d'eux signé *Mallier 1775*. Deux d'entre eux se composent d'un grand nombre de personnages. Ils sont montés sur une boîte oblongue en écaille doublée en doublé d'or sur argent.

224. CINQ MINIATURES GOUACHÉES attribuées à *de Lioux de Savignac* et représentant des paysages maritimes animés par un grand nombre de personnages. Elles sont montées dans une boîte oblongue à angles coupés, en argent ciselé et doré de style Louis XVI.

225. JOLI FIXÉ de forme ronde, par *Corneille van Spaendonck*, et représentant une corbeille de fleurs, des fruits et un nid d'oiseau. Il est monté dans un cadre d'or à filet d'émail noir et placé sur une boîte d'écaille.

226. MINIATURE ronde gouachée, représentant un vase de fleurs. Elle est montée sur une boîte d'écaille.

227. MINIATURE ronde sur ivoire (fendu), représen-

tant une jeune femme vue à mi-corps tenant un enfant nu de son bras droit. Elle est montée sur une boîte en ivoire doublée et cerclée d'écaille. Époque Louis XVI.

228. Petite boite ovale composée de six miniatures peintes en camaïeu carmin et représentant des paysages avec personnages dans le goût de Watteau. Elle est montée à cage en or ciselé, avec montants en jargons et doublée en or.

229. Petite boite ronde, en écaille noire. Le couvercle est orné d'une miniature sur ivoire, portrait de jeune femme tenant une serpe de la main droite et portant un panier de raisin. Époque Louis XVI.

230. Boite ronde, en ivoire, doublée d'écaille. Le dessus est orné d'une miniature ovale qui représente un portrait d'homme, de trois quarts à gauche.

231. Deux boites rondes, l'une en poudre d'écaille rouge avec miniature, représentant un paysage traversé par un torrent; l'autre en écaille ornée d'une miniature offrant les portraits de profil de deux jeunes filles se faisant face.

232. Boite ovale, en écaille, ouvrant dans le sens de la largeur, montée en or, à charnière. Le cou-

vercle est orné d'une miniature sur ivoire par *Vestier* (signée), qui représente le portrait d'un officier général.

233. Bonbonnière ronde, en écaille blonde semée de pois d'or et galonnée d'or. Le couvercle est orné d'une miniature ovale, sur vélin, qui représente un portrait de femme vêtue de bleu et d'un corsage rose. Époque Louis XVI.

234. Bonbonnière ronde, en écaille blonde galonnée d'or, du temps de Louis XVI. Le couvercle est orné d'une miniature sur ivoire qui représente un amour couronnant deux colombes posées sur un carquois et des nuages.

235. Deux boites en racine de buis, l'une ornée d'une miniature, vue de monument ; l'autre d'une miniature, portrait d'officier du temps de Louis XVI.

236. Boite ronde, en écaille noire, galonnée d'or de couleur ciselé, du temps de Louis XVI. Le couvercle est orné d'une miniature sur ivoire, portrait de femme, de trois quarts à gauche, vêtue d'un corsage violet avec parements blancs. Ses cheveux poudrés sont retenus par un ruban bleu et des perles.

237. Quatre fragments de boite : couvercle, fond

et deux côtés en nacre laquée or et couleur à relief, personnages, animaux, fleurs, habitations. Ancien travail japonais.

MINIATURES

238. MINIATURE rectangulaire sur ivoire, signée : *Saint, 1806* : Enfant couché et endormi tenant des grappes de raisin dans sa chemise relevée. Fond d'arbustes et de pampres; cadre en bronze ciselé et doré surmonté d'une couronne de roses et de branches de laurier.

239. MINIATURE rectangulaire sur vélin : Portrait de femme vue à mi-corps tenant une lyre, près d'elle est un amour. Époque Louis XV.

240. MINIATURE rectangulaire sur vélin : Portrait de jeune femme vêtue d'un corsage blanc, d'un manteau bleu et la poitrine traversée par une guirlande de fleurs. Cadre en or gravé.

241. MINIATURE ronde sur ivoire : Deux Jeunes Femmes debout dans un parc, vêtues de costumes Louis XVI. Cadre en argent gravé et doré.

242. MINIATURE rectangulaire sur ivoire, dans la manière de Charlier : Léda.

243. MINIATURE ovale sur ivoire, de style Louis XV:

Jeune Femme vue à mi-corps, la tête couverte de fleurs et tenant une gerbe qui se détache en couleurs sur un manteau bleu violacé. Cadre en argent gravé et doré.

244. JOLIE PEINTURE sur émail de forme ronde, portant au revers la signature de *Coteau* et la date de *1778* : Portrait de jeune homme vêtu d'un habit bleu, la tête poudrée tournée de trois quarts à gauche. On lit au-dessous du buste :

Nul ami n'est plus tendre
Et nul n'est plus aimé.

En bas à gauche, armoiries surmontées d'une couronne de marquis.

245. PETITE MINIATURE rectangulaire sur ivoire, représentant une jeune femme vêtue d'un corsage bleu avec mantille noire garni de coquilles de pèlerin et coiffée d'un chapeau de paille.

Dans un cadre en argent doré avec filet d'émail bleu, portant un cartouche sur lequel sont gravés les noms suivants : *D^sse de Bourbon, C^sse de Charolais.*

246. PETITE MINIATURE ovale sur ivoire, du temps de Louis XVI : Portrait de jeune femme, de trois quarts à gauche, vêtue d'un corsage bleu et coiffée d'un chapeau de paille garni de rubans bleus.

247. Miniature ronde sur ivoire : Portrait de femme, de profil à gauche, se détachant sur un fond bleu. Elle porte un costume Louis XVI, composé d'un corsage de mousseline blanche et d'une écharpe bleue qui s'échappe de la coiffure et entoure la poitrine. On lit au revers : *Mme Ingouf, par Vincent.*

248. Deux petites miniatures ovales, du temps de Louis XVI : Portraits de jeunes garçons. Elles sont placées chacune dans une monture en argent avec branche porte-lumière.

249. Miniature ovale sur ivoire, de l'école anglaise, signée : R. C., 1797 : Portrait de jeune femme vêtue de blanc et les cheveux retenus par un ruban bleu. Montée dans un médaillon en or. Une étiquette collée sur le fond du médaillon porte le nom manuscrit de *Lady Hamilton.*

250. Miniature ronde sur ivoire : Portrait de femme vêtue d'un corsage bleu à crevés jaunes et d'une chemisette blanche.

251. Miniature rectangulaire sur ivoire : Portrait de jeune femme portant la robe de bure des nonnes. Époque Louis XVI. Cadre en cuivre doré.

252. Miniature à l'huile sur bois : Portrait de femme en riche costume du xvie siècle. Cadre en bois sculpté.

253. Miniature ronde sur ivoire : Portraits des membres de la famille de Louis XVI. Cadre en bronze.

254. Miniature ronde sur ivoire : Portrait de jeune femme, vue à mi-corps, assise dans un parc. Elle est vêtue d'un corsage blanc retenu par une ceinture bleue et garni d'une rose. Ses cheveux sont poudrés.

255. Deux miniatures : Portraits de femmes. L'une sur vélin de forme ronde ; elle tient une bague de la main droite. L'autre ovale, sur ivoire, est coiffée d'un chapeau vert.

256. Deux miniatures ovales sur ivoire : Portraits de femmes, de travail moderne. L'une d'elles est signée Drouais et l'autre Sicardi.

257. Miniature ronde sur ivoire : Portrait de femme, vêtue d'un costume noir et coiffée d'un large chapeau bleu.

258. Miniature rectangulaire sur vélin, du temps de Louis XV, représentant une jeune femme vue à mi-corps, en costume de bergère. Cadre en bois noir et cuivre doré.

259. Deux miniatures sur ivoire, représentant l'une

une jeune femme vue à mi-corps, vêtue de noir; l'autre, ovale, une jeune femme debout dans un parc.

260. Le Fruit de l'amour secret. Miniature ovale sur vélin, d'après Baudouin. Cadre en bronze à rubans et lauriers.

261. Tritons, naïade et dauphin. Miniature oblongue, dans le goût de Charlier. Sur tablette de velours grenat.

262. Miniature ovale à l'encre de Chine, par *Klingstett :* Jeune Femme vue à mi-corps, ayant un oiseau sur le bras droit. A sa gauche, un négrillon. Cadre en cuivre.

263. Petite miniature à l'encre de Chine rehaussée de couleurs, attribuée à *Klingstett :* Groupe de trois personnages en costumes Louis XV. Cadre en cuivre à ruban.

264. Miniature ronde sur ivoire, peinte en grisaille et attribuée à *de Gault :* Offrande sur l'autel de l'amour. Sur tablette de velours violet.

265. Deux petites miniatures ovales à l'huile, provenant d'une Annonciation. xvie siècle. Dans un cadre en bois sculpté garni de petits ornements rapportés en argent.

266. Fixé rond, représentant un intérieur de cabaret, dans le goût des maîtres hollandais. Il est monté dans un cercle d'or et placé sur une boîte ronde en écaille.

267. Fixé rond, représentant un bois touffu avec figure de prêtresse et statue, de style antique. Il est monté sur une boîte ronde en écaille.

268. Dessin à l'encre de Chine, représentant des scènes dans le goût de Teniers : les Joueurs de boules. Il est monté sur une boîte ronde en poudre d'écaille rosée.

269. Neuf boutons d'habit ornés chacun d'un fixé, représentant un paysage.

270. Quatre miniatures rondes en grisaille : sujets mythologiques.

271. Petit médaillon rond en vernis de Martin : scène enfantine.

ÉVENTAILS

272. Éventail Louis XV à monture de nacre rehaussée de dorure, à médaillons, figures d'amours sur fond repercé à jour. La feuille représente diverses scènes champêtres dans le goût de Boucher.

273. Éventail Louis XV en nacre sculptée, décoré de figures et d'ornements rocaille sur fond repercé à jour. La feuille représente une ronde champêtre.

274. Éventail du temps de la Régence, à monture de nacre finement sculptée à figures, oiseaux et ornements. La feuille présente sur une de ses faces diverses scènes maritimes et des paysages; sur l'autre, un paysage avec personnages, oiseaux et animaux.

275. Éventail Louis XV à monture de nacre rehaussée de peinture et de dorure. La feuille représente une réunion musicale dans un parc.

276. Éventail du temps de Louis XV, en ivoire sculpté et repercé à jour, à médaillons sujets champêtres, personnages et rocailles. La feuille est décorée de trois médaillons, bustes et figures mythologiques qui se détachent en couleurs sur un fond brun rehaussé de fleurs polychromes.

277. Éventail du temps de Louis XV, à monture d'ivoire sculpté, à médaillons de paysages de l'Orient, figures, oiseaux sur fond découpé à jour. La feuille représente un groupe de cavaliers partant pour la chasse, dans le goût de Wouwerman.

278. Éventail Louis XVI à monture partie en

écaille et partie en nacre rehaussée de dorure. La feuille représente une réunion dans un parc.

279. Petit éventail du temps de la Régence, en ivoire repercé à jour et montants sculptés. Il est décoré de petits médaillons de personnages, de fleurs et d'oiseaux.

280. Petit éventail à monture d'ivoire décorée au vernis, à médaillon buste de jeune femme en couleurs et autres à fond d'or et sujets chinois en camaïeu bleu. La feuille représente, sur une de ses faces, une vue de parc animé de personnages; sur l'autre, un paysage de style chinois avec encadrement de fleurs sur fond bleu. Époque de la Régence.

281. Petit éventail du temps de la Régence, en ivoire décoré au vernis, de très petits médaillons représentant des paysages reliés entre eux par des festons de fleurs en dorure.

282. Autre petit éventail en ivoire de même époque, décoré d'un groupe de six personnages dans un parc entouré de festons de fleurs. Les montants sont unis.

BIJOUX

283. Charmant petit étui de forme carrée en agate veinée et mamelonnée, garni d'une fine monture et avec application d'ornements en or repoussé à fleurs, feuillages et rocailles. La gorge porte la devise suivante dont les caractères réservés en or se détachent sur un fond d'émail blanc : *Il faut l'ouvrir pour s'en servir.* Il renferme deux flacons de cristal garnis, ainsi que divers ustensiles en or repoussé. Une petite glace sert de fond intérieur au couvercle. Époque Louis XV.

284. Étui-nécessaire du temps de Louis XV, de forme contournée, en or repoussé à cariatides, fleurs et rocailles. Il offre de plus, sur une de ses faces, le sujet de Persée délivrant Andromède, et sur l'autre, la figure d'Uranie. Le poussoir est formé d'un brillant et l'étui renferme divers ustensiles garnis en or.

285. Porte-tablettes du temps de Louis XVI, en ivoire garni en or gravé et découpé. Il offre sur une de ses faces un médaillon ovale qui contient un fixé qui représente un ballon planant au-dessus d'un parc animé par divers personnages; l'autre face présente un médaillon analogue qui renferme un chiffre en or découpé et gravé qui se détache sur fond bleu et qui se compose des lettres I. M. S.

286. Montre du temps de Louis XVI, en or émaillé, décorée d'un sujet galant sur fond bleu.

287. Petit plateau ovale à contours, en écaille piquée et posée d'argent, à figures et ornements. xviiie siècle.

288. Deux pièces en ivoire : sifflet surmonté d'un buste de femme en costume et coiffure du temps de Louis XVI, et petit groupe, enfant à califourchon sur un lion.

289. Porte-plume du temps de Louis XVI, décoré d'entrelacs de pois d'or avec fleurs peintes au vernis dans les entredeux et monté en or avec rangs de demi-perles. Étui en galuchat.

290. Étui en peau de chagrin de forme ovale, monté en or et ouvrant à secret. Époque Louis XV.

291. Paire de ciseaux du temps de Louis XVI, en or à torsades et talons des lames décorés de fleurs rapportées en or de couleur ciselé.

292. Étui cylindrique en vernis de Martin à fond d'or sur fond quadrillé et fleurs peintes. Il est galonné d'or.

293. Deux étuis en vernis de Martin, l'un à fond quadrillé rouge décoré de paysages et de figures

en grisaille, l'autre, à fond vert à ornements dorés et parties burgautées. Ils sont tous deux galonnés d'or.

294. ÉTUI Louis XV cylindrique en or à côtes ondulées et guillochées.

295. ÉTUI PORTE-TABLETTES en ivoire galonné d'or et offrant sur chacune de ses faces une miniature en camaïeu rouge représentant des jeux d'enfants. Époque Louis XVI.

296. CASSOLETTE de style Louis XV formée d'une coque d'œuf garnie d'ornements et de fleurs en relief et découpés à jour. La pièce forme boîte et est doublée en or.

297. CASSOLETTE de forme oblongue en or finement gravé et avec grille repercée à jour à l'intérieur. Le couvercle est orné d'une plaque d'émail qui représente la vue d'un lac suisse.

298. DEUX ÉTUIS, l'un d'eux en peau de chagrin clouté d'argent, l'autre, en galuchat, garni à l'intérieur de deux flacons en verre blanc opaque décorés de figures peintes en couleurs et montés en or. XVIIIe siècle.

299. COUTEAU A DESSERT à manche de nacre du temps de Louis XV, garni en or. Il est accom-

pagné de deux lames de rechange, l'une d'elles en acier et l'autre en or.

300. Couteau a dessert du temps de Louis XVI, à manche de nacre et lame d'or.

301. Deux petits cachets en porcelaine tendre, l'un en forme de cygne, l'autre, acteur assis tenant un oiseau et la devise : *Tantôt haut*, *tantôt bas*.

302. Étui formé d'un poupon au maillot, dont le buste est en ancienne porcelaine de Saxe de belle qualité et le corps en argent articulé.

303. Étui cylindrique en ancienne porcelaine tendre de Chelsey (?), décoré de fleurs et terminé à sa partie supérieure par une tête de femme masquée dont les yeux sont incrustés de roses. Il est monté en or repoussé. Époque Louis XV.

304. Gros étui en ivoire sculpté, à compartiments en spirale décorés de figures et d'ornements en bas-relief. Époque de la Régence.

305. Deux pièces : étui porte-cartes en ivoire laqué et sculpté du Japon et petit groupe en jade gris : Enfant jouant avec une souris.

306. Joli étui du temps de Louis XV en agate orientale, monté à charnière en or avec poussoir

formé d'un brillant. Il contient divers ustensiles garnis en or.

307. Joli étui à cire du temps de Louis XVI en or ciselé, à montants et festons de laurier. Il forme cachet et porte des armoiries gravées.

308. Petit étui cylindrique de même époque et de même travail que celui qui précède.

309. Bague marquise en roses et verre bleu portant le mot : *Souvenir*. Époque Louis XVI.

ORFÈVRERIE

310. Plateau ovale à contours, à quatre pieds et à deux anses en argent, couvert d'ornements gravés. Travail hollandais.

311. Petit plateau ovale à deux anses en argent, à bords découpés à jour.

312. Petit plateau oblong à contours, avec rang de perles au bord et fleurs gravées au marli.

313. Bougeoir en argent uni.

314. Paire de mouchettes avec plateau en argent.

315. Huit cuillères hollandaises et autres en argent.

316. Dix pièces diverses en argent : couvert, pinces à sucre, pelles à sel, etc.

317. Très petite cafetière en argent.

318. Cachet en argent, en forme de sphère, supportée par trois enfants nus debout.

319. Petit plateau rond à bords festonnés, en argent, décoré au fond d'une couronne de fleurs et de feuillages ciselés en relief. Il repose sur trois pieds bas.

320. Deux très petits plateaux creux en argent, à côtes au pourtour et à bords lobés et godronnés. XVIIIe siècle.

321 à 323. Cinq petites tasses à vin, en argent battu et repoussé à figures et fleurs, dont quatre à deux anses. La dernière, dorée, est décorée d'ornements gravés. XVIIIe siècle.

324. Petit sucrier en forme de boîte oblongue, à contours en argent repoussé et ciselé à fleurs et oiseau. Allemagne. XVIIIe siècle.

325. Petit sucrier à saupoudrer, en forme de vase en argent, décoré d'ornements rocaille repoussés et gravés.

326. Boite oblongue à angles arrondis en argent, à

mufles de lion et soleil en relief, et le couvercle encadré d'ornements gravés. XVIIIe siècle.

327. Deux petits gobelets, de forme sphérique, à côtes et parties dorées et gravées. XVIIIe siècle.

328. Six petites cassolettes en argent, de formes variées.

329. Deux boites en argent, l'une à tabac, de forme lenticulaire avec chiffre en relief, et l'autre oblongue, formant briquet.

330. Très petit plateau ovale, en argent, décoré d'une figure d'amour sur un dragon et d'une couronne de fleurs. Le tout en relief.

331. Deux hochets en argent, formant sifflets, et garnis de grelots. XVIIIe siècle.

332. Six cuillères à café en vermeil, du temps de Louis XVI, modèle à coquilles et pourtour du cuilleron renforcé. Elles portent des armoiries gravées.

333. Sept autres cuillères à café en vermeil, dont une d'un modèle à feuilles.

334. Boite carrée en argent gravé, contenant un petit jeu de loto, dont les tablettes sont en ivoire.

335. Brule-parfums en forme de bassinoire, en argent, à cariatides et ornements découpés à jour et à manche d'ivoire.

336. Deux pièces hollandaises, en argent : porte-dé formant brûle-parfums et porte-laine.

337. Deux pièces en argent : boîte carrée portant des armoiries gravées et petit flacon carré.

338. Petite boite ronde en argent, ouvrant à charnière. Le couvercle est orné d'une plaque d'émail, genre Limoges, qui représente une tête de guerrier.

339. Boite ovale en galvano.

340. Trousse, argent et cuir, contenant deux couteaux et un poinçon, décor d'arabesques gravées. Ancien travail allemand.

MATIÈRES PRÉCIEUSES

341. Cristal de roche. Vase à coupe à quatre lobes, monté sur pied à balustre et garni de deux petites anses en S, reliées par une monture d'argent doré à moulures. Le pied et la coupe sont décorés d'arbustes et d'oiseaux gravés. Travail de la fin du xvie siècle. — Haut., 17 cent.

342. Cristal de roche. Boîte en forme de tortue décorée d'ornements gravés en creux. Monture en argent doré et émaillé. Travail moderne.

343. Cristal de roche. Flacon formé de petits cabochons reliés à l'aide d'une monture en argent doré. Travail moderne.

344. Agate. Deux pièces : petite coupe ovale et cassolette ovale montée en argent. Cette dernière date du temps de Louis XIII.

345. Jade gris. Petite jardinière ovale à deux anses.

346. Jade gris. Petit vase balustre partiellement ajouré à rinceaux et feuillages. Chine.

347. Deux petits presse-papiers, agate et pierre de lard : petits personnages. Travail chinois.

OBJETS VARIÉS

348. Petite pendule Louis XVI à cadran mobile, en bronze à patine brune et marbre blanc : elle se compose d'une statuette d'amour courant, en battant du tambour et sonnant de la trompette ; le tambour contient le mouvement.

349. STATUETTE ÉQUESTRE de Louis XIV, costumée à la romaine. — Bronze du XVIIIe siècle, muni d'une patine verdâtre, sur socle en granit rose d'Égypte.

350. FLAMBEAU DE BUREAU à quatre lumières, du temps de l'Empire, en bronze ciselé et doré, orné d'une figurine et d'un écran peint à la gouache et représentant un paysage traversé par un torrent et placé sous une feuille de talc.

351. POT A EAU à panse ovoïde et sa cuvette en verre opale, garnis d'une monture en cuivre doré du temps de l'Empire.

352. TERRE CUITE PEINTE. Groupe de deux figures de vestales debout portant une corne, attribué à *Marin.*

353. IVOIRE. Béquille de canne ornée d'un buste de femme. Époque Louis XV.

354. PETIT COFFRET de forme oblongue en cuivre gravé à oiseaux et doré. Sa serrure est formée de quatre pènes. Allemagne, XVIIe siècle.

355. SONNETTE du temps de l'Empire en cuivre doré, décorée au pourtour de scènes enfantines champêtres.

356. BOITE oblongue à angles coupés en cuivre,

ornée de deux plaques d'émail de Limoges du XVIIe siècle, décorées sur leurs deux faces, en couleurs sur fond noir et en grisaille : sujets de personnages et paysage.

357. PAIRE DE CISEAUX décorés de fleurs et d'ornements dorés.

358. PETIT GROUPE japonais en ivoire composé de deux personnages.

359. FIGURINE DE PAGE en émail de Venise sur socle en lapis.

360. DEUX PETITES GRAVURES : l'une ovale en couleurs, de Janinet, d'après Charlier : Amphitrite sur un dauphin ; l'autre, ronde, représente une scène d'intérieur.

361. TRÈS PETIT CABINET en ivoire, partiellement laqué or et couleurs à reliefs et avec applications de métal : paysages animés et sujets tirés de légendes ; il ferme à deux portes qui recouvrent trois tiroirs. Japon.

362. DEUX FIGURINES en ivoire sculpté de saints personnages debout, chacun dans une niche, en bois sculpté et doré, à motifs rocaille et têtes de chérubins. XVIIIe siècle.

363. PETIT BUSTE en terre cuite : Personnage por-

tant la perruque et la cuirasse à l'antique. XVIIe siècle. Au revers, on lit : *Buste de Léopold, duc de Lorraine, par Adam.*

364. PETIT BUSTE D'HOMME en terre cuite, la tête légèrement tournée du côté de l'épaule gauche, portant la perruque et l'habit. XVIIIe siècle.

365 à 367. DOUZE PIÈCES en verre gravé, opaque ou églomisé : verres à pied, coupes, burettes, hanap, à motifs rocaille, armoiries, personnages, du XVIIIe siècle.

368-369. CINQ PIÈCES : quatre pipes et trousse japonaises, bronze, bois, ivoire.

370. DEUX FRAGMENTS, bois, nacre, écaille : modèles de lyre et de harpe.

PORCELAINES TENDRES DE SÈVRES

371. HANAP cylindrique à anse et son présentoir en ancienne porcelaine de Sèvres, pâte tendre : réserves encadrées de fleurs dorées, contenant des colombes dorées également et se détachant sur un fond émaillé bleu de Vincennes. Lettre A., 1753.

372. BEURRIER cylindrique couvert et son plateau

en ancienne porcelaine de Sèvres, pâte tendre : réserves de bouquets de fleurs sur fond bleu de Vincennes; encadrements dorés composés de guirlandes, de feuillages et de fleurs. Lettre A., 1753.

373. Pot a eau et sa cuvette en ancienne porcelaine de Sèvres, pâte tendre ; décor de guirlandes de fleurs polychromes et de rocailles en reliefs et dents de loup dorées. Lettre N, 1765.

374. Jardinière avec bouquet de fleurs en ancienne porcelaine de Sèvres, pâte tendre : le vase à bords contournés est orné de motifs rocaille en relief relevés de carmin et de dorure. Lettre B, 1754.

375. Sucrier oblong en forme de bateau, à couvercle surmonté d'un étendard et avec plateau en ancienne porcelaine de Sèvres, pâte tendre : décor de jetés de fleurs polychromes et de rinceaux, filets et rocailles émaillés bleu ; têtes de clous, dents de loup et filets dorés. Lettre E, 1757.

376. Sucrier couvert en ancienne porcelaine de Sèvres, pâte tendre : décor de bouquets de fleurs en camaïeu rose ; fleurette en relief au couvercle. Lettre N, 1765.

377. Pot a lait sur trois petits pieds en ancienne

porcelaine de Sèvres, pâte tendre ; décor en camaïeu rose : Amour écrivant, colombes tenant un rameau dans le bec; rehauts de dorure. Lettre B, 1754.

378. Ravier oblong à bords festonnés en ancienne porcelaine de Sèvres, pâte tendre; décor de jetés de fleurs avec filet bleu et dents de loup dorées. Lettre F, 1758.

Dorure par *Grison*.

379. Bol en ancienne porcelaine de Sèvres, pâte tendre ; décor de guirlandes de fleurs en camaïeu bleu clair, avec bordure de hachures dorées. Peinture par *Binet*.

380. Plateau oblong à bords contournés, accompagné d'un sucrier de forme arrondie avec son couvercle et sa soucoupe, en ancienne porcelaine de Sèvres, pâte tendre. Ils sont décorés de médaillons contenant des paysages animés et se détachant sur champ bleu de roi, rehaussé de couronnes de feuillages et de lambrequins dorés. Les dorures par *Le Guay*, les peintures par *Boucher*.

381. Plateau oblong à bords lobés en ancienne porcelaine de Sèvres, pâte tendre ; décor de jetés de fleurs ; à la chute, réserves de fleurettes sur fond bleu de Vincennes; fleurs et encadrements dorés. Lettre A, 1753. Peinture par *Bardet*.

382. Petit plateau oblong à bords obliques et ajourés en manière de postes, en ancienne porcelaine de Sèvres, pâte tendre; jetés de fleurs polychromes encadrés de rocailles et de filets chevronnés. Lettre F, 1758. Peinture par *Tandart*.

383. Petit plateau oblong, à bords obliques, en ancienne porcelaine de Sèvres, pâte tendre, bouquet de fleurs et fruits; chute émaillée bleu de Vincennes et rehaussée de fleurettes dorés.

384. Petit plateau à bords en accolade, en ancienne porcelaine de Sèvres, pâte tendre; décor de jetés de fleurs polychromes et de rubans émaillés vert, entrecroisés, rehauts de dorure. Lettre E., 1757.

385. Petit plateau oblong, à bords festonnés, en ancienne porcelaine de Sèvres, pâte tendre; décor en camaïeu rose, paysage animé, fleurettes sur la bordure; rehauts de dorure. Lettre B, 1754. Peinture par *Mutel*.

386. Petit plateau carré, à bords obliques, en ancienne porcelaine de Sèvres, pâte tendre; jetés de fleurs en camaïeu rose, dents de loup dorées. Lettre E, 1757. Peinture par *Bertrand*.

387. Petit plateau oblong, à bords festonnés, en ancienne porcelaine de Sèvres, pâte tendre; décor

en camaïeu bleu rehaussé de dorure, œils de perdrix, course de feuillages et rubans ondulés.

388. Petit plat ovale, à bords festonnés, en ancienne porcelaine de Sèvres, pâte tendre ; décor de jetés de fleurs polychromes avec bordure rocaille en camaïeu bleu. Décor par *Bienfait* ; le mot *mai* est gravé sous couverte au revers.

389. Présentoir oblong en ancienne porcelaine de Sèvres, pâte tendre ; décor de fleurs et guirlandes enrubannées en camaïeu rose ; dents de loup dorées.

390. Petit présentoir oblong, à bords festonnés, en ancienne porcelaine de Sèvres, pâte tendre ; fond émaillé bleu turquoise, avec deux réserves de fleurs ; rehauts de dorure. Peinture par *de Choisy*.

391. Plateau circulaire lobé sur piédouche bas en ancienne porcelaine de Sèvres, pâte tendre, décor dit *feuille de chou*, avec jetés de fleurs ; rehauts de dorure. Lettre CC, 1779. Peinture par *Mme Bunel*.

392. Plateau octogone, à bords obliques et légèrement cintrés, en ancienne porcelaine de Sèvres, pâte tendre ; le fond est orné de jetés de fleurs polychromes ; le pourtour extérieur simulant l'osier est relevé de bleu et d'or. Lettre D, 1756.

393. Écuelle de forme ronde, à anses, avec son couvercle et son plateau en ancienne porcelaine de Sèvres, pâte tendre; décor de jetés de barbeaux avec dents de loup dorées. Lettres FF, 1782.

394. Deux pots cylindriques couverts, en ancienne porcelaine de Sèvres, pâte tendre; jetés de barbeaux avec dents de loup dorées. Lettres FF, 1782.

395. Tasse de forme arrondie et sa soucoupe en ancienne porcelaine de Sèvres, pâte tendre; le décor consiste en bandes ondulées parallèles émaillées bleu turquoise et séparant des pendentifs de fleurs polychromes; rinceaux, filets et dents de loup dorés. Sous la tasse, lettre E, 1757.

396. Tasse de forme arrondie et sa soucoupe en ancienne porcelaine de Sèvres, pâte tendre; elles sont ornées de médaillons allongés, contenant les pendentifs de fleurs et réservés sur fond émaillé bleu turquoise et rehaussé de fleurons dorés; filets et dents de loup dorés. Sous la soucoupe, la lettre O, 1766; peinture par *Levé*, *père*.

397. Tasse cul-de-poule et soucoupe en ancienne porcelaine de Sèvres, pâte tendre; décor en camaieu rose; paysages animés. Lettre C, 1755. La tasse peinte par *Mutel*, la soucoupe par *Fouré*.

398. Tasse cul-de-poule et sa soucoupe en ancienne

porcelaine de Sèvres, pâte tendre; sur un fond émaillé vert, se détache, pour la tasse et la soucoupe, une réserve contenant un oiseau sur une branche en couleur et comprise dans un encadrement rocaille doré. Lettre I, 1761. Peinture par *Aloncle.*

399. Tasse droite et sa soucoupe en ancienne porcelaine de Sèvres, pâte tendre : sur la tasse, médaillon ovale présentant un soldat armé d'une pique et se détachant sur un fond bleu de roi rehaussé d'un cordon et d'un entrelacs de feuillages dorés; sur la soucoupe, médaillon contenant des cymbales et des armes, même fond. Lettres HH, 1784. Dorure par *Bienfait.*

400. Tasse droite et sa soucoupe en ancienne porcelaine de Sèvres, pâte tendre; décor en camaïeu bleu clair relevé de tons chair : Amour tenant un poisson, colombes portant un rameau dans le bec; encadrement rocaille et dents de loup dorées. Dorure par *Théodore.*

401. Tasse mignonnette de forme droite et sa soucoupe en ancienne porcelaine de Sèvres, pâte tendre; elles sont ornées d'un médaillon contenant une couronne de fleurs et se détachant sur un champ bleu enrichi d'un filet enguirlandé et doré. Lettre M, 1764. Peinture par *Noël.*

402. PETITE TASSE droite et soucoupe en ancienne porcelaine de Sèvres, pâte tendre; elles sont bordées d'une dentelle polychrome; le fond de la soucoupe présente un enfant tenant un arc et une flèche en camaïeu manganèse. Sous la soucoupe, lettres MM, 1788; peinture par *Vieillard.*

403. TASSE droite et sa soucoupe en ancienne porcelaine de Sèvres, pâte tendre; décor polychrome de jetés de bleuets avec galon quadrillé et doré en bordure. Lettres BB, 1778. Peinture par *Taillandier.*

404. DEUX TASSES obconiques et leurs soucoupes en ancienne porcelaine de Sèvres, pâte tendre; décor en camaïeu carmin, composé de doubles filets en léger relief auxquels sont appendues des guirlandes de fleurs; dents de loup dorées. Lettre L, 1763.

405. TASSE mignonnette de forme arrondie et soucoupe en ancienne porcelaine de Sèvres, pâte tendre, fond bleu, présentant une réserve entourée de rocailles dorées et contenant, pour la tasse, une fillette jouant du flageolet, et pour la soucoupe, un enfant pêchant à la ligne. Sous la soucoupe, lettre E, 1757.

406. DEUX PETITS SEAUX en ancienne porcelaine

blanche de Sèvres, pâte tendre : anses feuillages, et bordure formée d'une dentelle dorée.

407. Deux salières ovales à deux récipients, l'une d'elles à anse, en ancienne porcelaine blanche de Sèvres, pâte tendre; décor doré composé de hachures et rocailles.

408. Salière simulant une corbeille en ancienne porcelaine blanche de Sèvres, pâte tendre : rehauts de dorure.

409. Bougeoir en ancienne porcelaine de Sèvres, pâte tendre; décor composé d'une couronne de fleurs en couleur et d'un galon bleu bordé d'un filet doré.

410. Deux petits pots a crème cylindriques couverts, en ancienne porcelaine de Sèvres, pâte tendre; rubans émaillés vert et guirlandes de fleurettes; rehauts de dorure.

411. Petit coquetier en ancienne porcelaine de Sèvres, pâte tendre, à décor de médaillons de rosés sur fond quadrillé. Lettre Q, 1768. Peinture par *Le Bel jeune*.

412. Trois pièces : petite soucoupe en ancienne porcelaine de Sèvres, pâte tendre, à décor de jetés de fleurs en camaïeu bleu, lettre E, 1757, peinture par *Fouré;* et deux cuillères en porcelaine tendre blanche relevée de filets dores.

PORCELAINES D'ALLEMAGNE

413. Deux bustes d'enfants, petite nature, en ancienne porcelaine de Saxe émaillée au naturel : ils sont coiffés d'un petit bonnet avec fleurettes en ronde bosse sur le côté et vêtus d'une chemisette et d'un corsage avec draperie jetée sur les épaules. — Haut., 23 cent.

414. Deux bustes d'enfants analogues aux précédents, mais plus petits, en ancienne porcelaine de Saxe. Socles rocaille avec fleurettes en ronde bosse, de même porcelaine. — Hauteur totale, 21 cent. ; hauteur sans socle, 15 cent.

415. Écuelle couverte à anses et son plateau présentoir en ancienne porcelaine de Saxe; décor polychrome de groupes de personnages en costumes Louis XV, sur fond de paysages; fruit en ronde bosse sur le couvercle; rehauts de dorure.

416. Écuelle couverte à anses et son plateau présentoir en ancienne porcelaine de Saxe; décor polychrome de fleurs, fruits, oiseaux, chiens, insectes avec lambrequins imbriqués émaillés bleu, rehauts de dorure; marli du plateau partiellement ajouré.

417. Groupe de deux carlins en ancienne porcelaine de Saxe émaillée au naturel ; la mère assise tient son petit entre ses pattes. Socle en bronze.

418. Petit candélabre à trois lumières en ancienne porcelaine de Saxe, avec monture en bronze ; décor de fleurs, rehauts de dorure et fleurs en ronde bosse.

419. Petit perroquet en ancienne porcelaine de Saxe émaillée au naturel.

420. Petit groupe en ancienne porcelaine d'Allemagne : Deux Enfants jouant avec une chèvre.

421. Figurine en ancienne porcelaine d'Allemagne : Pierrot debout.

422. Figurine en porcelaine d'Allemagne : Bacchant à califourchon sur un tonneau.

423. Deux petits chiens en ancienne porcelaine d'Allemagne.

424. Écureuil grignotant un fruit, en porcelaine d'Allemagne.

425. Figurine en porcelaine dure blanche : Apollon debout.

426. Figurine en ancienne porcelaine de Saxe :

Junon debout, tenant le sceptre ; le paon à ses pieds.

427. Figurine en ancienne porcelaine d'Allemagne : la Sculpture personnifiée par une jeune femme debout sculptant un buste d'homme.

428. Figurine en ancienne porcelaine d'Allemagne : la Géographie figurée par un amour tenant un compas et le globe terrestre, et debout sur un piédestal carré caillouté rose.

429. Petit groupe en ancienne porcelaine de Saxe : une Nymphe courtisée par un Fleuve ; derrière eux, un amour.

430. Petit groupe en ancienne porcelaine d'Allemagne : deux personnages dansent au son d'une mandoline dont joue un troisième personnage assis. Base en bronze.

431. Figurine en ancienne porcelaine d'Allemagne : Bergère debout, des fleurs dans son tablier, une brebis à ses pieds.

432. Petit groupe en ancienne porcelaine d'Allemagne : un Joueur de flûte, debout auprès d'une jeune femme assise, déchiffre un morceau de musique qu'elle lui présente.

433. Figurine en ancienne porcelaine de Saxe : Jeune Femme debout en toilette Louis XV, un éventail à la main.

434. Figurine en ancienne porcelaine de Saxe : l'Amour armé d'un pistolet et coiffé d'un tricorne.

435. Deux figurines en ancienne porcelaine de Saxe pouvant se faire pendants : Marchande de citrons, Jeune homme portant des citrons dans son tablier.

436. Figurine en ancienne porcelaine de Saxe : personnage debout, un sac en bandoulière, s'appuyant sur son bâton.

437. Petit groupe en ancienne porcelaine d'Allemagne : l'Écolier puni par sa mère.

438. Figurine en ancienne porcelaine d'Allemagne : Jeune Femme debout, vêtue de la redingote de la fin du xviiie siècle, avec bonnet et manchon de fourrure.

439. Figurine en ancienne porcelaine d'Allemagne : l'Amour marchand de boisson.

440. Figurine en ancienne porcelaine d'Allemagne : Femme debout, vêtue de la robe à panier du temps de Louis XV et d'un mantelet blanc, et coiffée d'un fichu noir.

441. Petit groupe de deux brebis couchées, en porcelaine d'Allemagne, émaillée au naturel.

442. Plateau de forme contournée, à bords relevés et interrompus par des motifs rocaille, en ancienne porcelaine de Saxe, décor de fleurs.

443. Deux vases couverts à anses branchages en porcelaine d'Allemagne, à décor polychrome de bouquets de fleurs avec rehauts dorés.

444. Quatre tasses lobées et leurs soucoupes, en ancienne porcelaine de Saxe, à fleurs et insectes.

445. Trois autres tasses lobées et quatre soucoupes, un peu plus grandes que les précédentes, en ancienne porcelaine de Saxe, à décor de fleurs, insectes et papillons.

446. Tasse lobée et sa soucoupe, en ancienne porcelaine de Saxe, à décor de paysage, en camaïeu rose avec filets dorés.

447. Deux pièces en ancienne porcelaine de Saxe : tasse avec sa soucoupe, à décor d'oiseaux polychromes et motifs rocaille gaufrés sous couverte, et tasse présentant deux personnages debout, séparés par des fleurettes en relief.

448. Deux petites assiettes en ancienne porcelaine

de Saxe, à fleurs polychromes; marli gaufré à vannerie sous couverte.

449. Légumier en ancienne porcelaine de Saxe, affectant la forme d'un canard émaillé au naturel.

450. Cassette oblongue en ancienne porcelaine d'Allemagne, gaufrée sous couverte à l'imitation de vannerie et décorée de fleurs en couleur; l'intérieur du couvercle présente une corbeille de fleurs renversée sur une table.

451. Sucrier couvert, de forme ronde, en ancienne porcelaine de Saxe, décorée sur fond jaune de réserves présentant des jeux d'amours en camaïeu rose; encadrements dorés.

452. Petit flambeau en ancienne porcelaine d'Allemagne, à décor de fleurs avec imbrications émaillées rose à la base et à la partie supérieure.

453. Petite coupe ronde non couverte, sur trépied, en ancienne porcelaine de Saxe; décor de réserves de paysages animés en camaïeu rose avec encadrements dorés.

454. Petite coupe ovale en ancienne porcelaine de Saxe, gaufrée sous couverte à l'imitation de vannerie : les anses sont reliées à la coupe, au moyen de mascarons polychromes.

455. Petit bougeoir en ancienne porcelaine de Vienne, orné de deux médaillons simulant des camées.

456. Tasse droite et sa soucoupe en porcelaine de Vienne : sur un fond bleu rehaussé de motifs variés se détachent deux réserves, l'une sur la tasse, l'autre sur la soucoupe, figurant un serment d'amitié avec légende.

457. Tasse droite et sa soucoupe en porcelaine de Vienne : fond rose rehaussé de rinceaux dorés avec réserves contenant des amours et des divinités marines.

458. Tasse et sa soucoupe en porcelaine de Berlin, à décor d'oiseaux réservés sur fond imbriqué or et bleu.

459. Deux verrières oblongues en ancienne porcelaine de Vienne à décor polychrome de jetés de fleurs ; anses feuillages.

460. Plateau oblong à bords contournés et à deux anses en ancienne porcelaine de Vienne, décor de fleurs.

461. Hanap cylindrique en ancienne porcelaine de Nymphenbourg : scènes campagnardes et oiseaux. Monture en étain.

462. HANAP cylindrique en ancienne porcelaine d'Allemagne à fleurs et papillons. Monture en vermeil avec médaille allemande sur le couvercle.

463. PETIT COUVERCLE circulaire en ancienne porcelaine de Saxe, présentant sur ses deux faces des personnages en costumes Louis XV.

464. DEUX PIÈCES : petit plateau oblong lobé en ancienne porcelaine de Louisbourg, gaufrée à imbrications sous couverte avec fleurs en couleurs, et petite coupe ovale en porcelaine de Zurich décorée d'oiseaux.

465. PETIT MOUTARDIER couvert avec cuillère en ancienne porcelaine de Louisbourg, en forme de vase sur piédouche décoré d'oiseaux et de gaufrures.

466. DEUX PETITS SOCLES en porcelaine blanche d'Allemagne relevée de dorure, formés de griffons se terminant en volutes.

PORCELAINES DU JAPON ET DE LA CHINE

467. DEUX POTICHES ovoïdes couvertes, en ancienne porcelaine du Japon, à décor polychrome relevé de dorure : branches fleuries; chien de Fô sur le couvercle.

468. Compotier octogone en porcelaine du Japon, polychrome et or; décor de fleurs; médaillons ajourés au marli.

469. Coupe à bordure ajourée, en porcelaine du Japon, décor bleu, rouge et or, de fleurs et oiseaux.

470. Quatre pièces, porcelaine du Japon : deux tasses variées avec leurs soucoupes, boîte lenticulaire et petite tasse ornée d'un dragon.

471. Deux bols variés polychromes en porcelaine du Japon, l'un décoré de corbeilles de fleurs, l'autre de fleurettes.

472. Deux pots cylindriques couverts, en ancienne porcelaine du Japon, à décor de branches de chrysanthèmes en bleu, rouge et or, à léger relief.

473. Deux candélabres à deux lumières, formés chacun d'un chien de Fô assis, en ancienne porcelaine de Chine émaillée en couleur, supportant les branches porte-lumières en bronze. Socle également en bronze.

474. Tasse et sa soucoupe, en ancienne porcelaine de Chine, famille rose : vases de fleurs et lambrequins vermiculés.

475. Petite tasse sans anse et sa soucoupe, en

ancienne porcelaine de Chine, famille rose : Paysage, coq et fleurs.

476. Tasse sans anse et sa soucoupe, en ancienne porcelaine de Chine, famille rose : branches fleuries.

477. Tasse simulant une fleur, et sa soucoupe à décor de personnages, en ancienne porcelaine de Chine, famille rose.

478. Coupe libatoire à anse et sur piédouche en ancienne porcelaine de Chine : personnages, fleurettes et rehauts de dorure.

479. Salière trilobée, avec couvercle mobile, en ancienne porcelaine de Chine, famille rose : fleurs et lambrequins vermiculés.

480. Deux pièces, en ancienne porcelaine de Chine, famille rose : compotier semi-mince, orné d'un écusson armorié et de paysages, et assiette à décor de fleurs et d'oiseaux.

481. Théière couverte et son plateau lobé, en ancienne porcelaine de Chine, famille rose : Paysages avec fleurs, sur fond noir.

482. Trois tasses variées en ancienne porcelaine de Chine, famille rose.

483. Petit plateau ovale à bords festonnés, en ancienne porcelaine de Chine ; au fond, deux personnages européens.

484. Plat en porcelaine de Chine, décoré en émaux de la famille verte : personnages et animaux.

PORCELAINES DIVERSES

485. Petit vase couvert en ancienne porcelaine de Saint-Cloud, décor de guirlandes polychromes en relief et de courses et jetés de fleurs en couleur ; des fleurs en ronde bosse forment le bouton du couvercle.

486. Vase cylindrique en ancienne porcelaine de Chantilly, décor polychrome de branches fleuries de style japonais.

487. Flacon en ancienne porcelaine tendre française, formé d'une figurine de personnage grotesque accroupi sur une tortue.

488. Cachet ou béquille de canne en ancienne porcelaine de Chelsea, formé d'un buste de femme coiffée d'un long bonnet pointu.

489. Écuelle couverte à anses et son plateau en ancienne porcelaine dure de Sèvres, décor poly-

chrome et doré de rosace, dentelles et filets enrubannés. Lettre X, 1774. Ors par *Vincent*. Peinture par *Thévenet père*.

490. COMPOTIER à bords relevés en ancienne porcelaine de Tournay, à décor polychrome et doré, fleurs au fond; hachures et motifs rocaille aux bords.

491. TROIS PIÈCES : plateau ovale et deux pots à crème couverts en ancienne porcelaine de Tournay, décor de personnages dans des paysages; bordures émaillées bleu avec rinceaux et œils de perdrix dorés.

492. CAFETIÈRE couverte en ancienne porcelaine de La Haye à décor d'oiseaux et fleurettes.

493. TASSE et sa soucoupe en porcelaine de La Haye : fleurs et oiseaux en couleur.

494. POT A EAU et sa cuvette en ancienne porcelaine dure; décor polychrome et doré de fleurettes, draperies et filets.

495. DEUX TASSES dont l'une avec soucoupe en porcelaine d'Angleterre, à décor en camaïeu bleu d'ustensiles et personnages de style japonais.

496. PETIT PLATEAU ovale à bords festonnés, en an-

cienne porcelaine de Venise décorée en couleur avec gaufrure sous couverte : le Jeu de Colin-Maillard ; paysages au marli.

497. Tasse et sa soucoupe en ancienne porcelaine de Buen-Retiro, à décor de groupes de personnages et verdures dans la manière de Saxe.

498. Tasse cul-de-poule et sa soucoupe en porcelaine tendre, à fond jaune; décor en camaïeu bleu de réserves contenant des enfants.

499. Pot a lait non couvert en porcelaine tendre à fond vert avec réserves d'oiseaux et encadrements dorés.

500. Saucière en porcelaine tendre, présentant en couleurs un enfant jouant avec un chien dans un paysage ; encadrements émaillés bleu.

501. Compotier forme coquille en porcelaine tendre, décor de réserves d'oiseaux et fleurs sur fond bleu clair.

502. Trois pièces en porcelaine : petit broc, petit plateau et tasse avec soucoupe, décors variés.

503. Trois pièces en porcelaine : jambe de femme bourre-pipe, poupon pouvant former manche de parapluie et étui incomplet.

BISCUITS ET FAIENCES

504. PETIT GROUPE en ancienne terre de Lunéville, par *Cyfflé* : Bataille d'enfants. Marqué : *Cyfflé. Lunéville.*

505. FIGURINE en ancien biscuit de Niederwiller : Enfant debout, les bras croisés, dans l'attitude de la méditation. Marquée : *N.* et *T. D. L.* (terre de Lorraine).

506. FIGURINE pouvant faire pendant à la précédente : Paysan souriant, debout, appuyé sur sa bêche. Marquée : *Terre de Lorraine.*

507. STATUETTE en biscuit : Ganymède debout, tenant la coupe, l'aigle à côté de lui. Marquée : *L. R.* 8.

508. STATUETTE en biscuit : la Baigneuse dans l'attitude de commander le silence. Marquée : *B.*

509. BUSTE DE LOUIS XVI en biscuit. Socle en porcelaine émaillée bleu.

510. POT A LAIT en biscuit de Wedgwood : sujets mythologiques réservés en blanc sur fond bleu.

511. Médaillon ovale en biscuit : Nymphe nue accroupie.

512. Plateau carré en ancienne faïence de Savone, à décor d'animaux et personnage en camaïeu bleu.

513. Petite boite couverte à décor de fleurs. Satzuma.

6 Août 75. 250.		Cabaret vieux Sèvres œil de perdrix fond lilas cartels roses 300f Vendu 800	300	800
5 Août	251	Tasse & Plateau Vieux Sèvres, fleurs & paysages fond blanc, camaïeu rouge	200	400.
5 d°	253	1 Tasse Vieux Vincennes, oiseaux or avec soucoupe	200.	750
d°	283	1 Tasse Sèvres à bandes turquoises & fleurs	120.	250.
18 Février 76	1291.	1 Médailler bois de rose à 10 tiroirs L.XV.	50.	1500.
d°	1389.	1 Statuette Vieux Saxe négresse.	10.	90.
21 d°	2431.	1 Table chiffonnier L.XV. marqueterie	164.	600.
19 Xbre	3254.	1 Marronnière Vx Sèvres décors camaïeux bleu découpée à jour, à cartels de fleurs.	200.	500.
d°	3319.	1 Petit magot céladon turquoise, assis sous un parasol, monture bronze doré.	100.	200.
18 Avril 77.	3521.	1 Moutardier Vx Sèvres fond blanc à bouquet.	100.	250
"	3524.	1 Tasse Vx Sèvres fond blanc à deux anses & couvercle, décor camaïeu bleu	100.	250.
"	298.	2 tasses & sucrier fond blanc décor rose	50.	280.
26 Juin	3447.	1 boîte fond or sujet pastoral à émail vert forme cage.	2.800.	3800.
"	3585.	1 Plateau Vx Sèvres forme oblongue bords à jour cartel de fleurs, encadrement camaïeu bleu	900.	1400.
"	3586.	1 boîte monture or vieux Saxe, décors carlin	1.502.	2300.
11 Juillet	3.382.	1 boîte à épices L.XIV en argent.	400.	700.
2 Août	3.684.	1 Miniature de Hall, Colombe cadette de la comédie Italienne.	520.	2000.
9 d°	283.	1 Tasse & Soucoupe Vx Sèvres fond vert & cartel rose.	150.	625.
	296.	1 coquetier d° décor fleurs	15.	50.
	3.378.	1 Nécessaire or L.XV de de Bèche	1.000.	1.400.
	3.551.	1 Gd Plat Vx Saxe décor fleurs relief & papillon	200.	525.
	3.584.	1 plateau ~~Vieux~~ Vx Sèvres fond blanc, bouq. de rose	1.100.	1.500.
	3.688.	1 petit chien carlin Vx Saxe	75.	100.
6 9bre	897.	1 coffret en galuchat vert	50.	300.
	1.204.	1 coupe verre de Venise	10.	160.
	3.419.	1 cafetière argent L.XV. armoiries	1025.	1.600.
	3.800.	1 canard Vx Saxe	400.	750.
	3.889.	1 tasse Vx Sèvres ton chair, camaïeu bleu	400.	700.

Vicomte de Courval

1204	1 Coupe verre de Venise, anses mascarons	10 .	160 .
3419	1 Cafetière argent L. XV	1025 .	1600 .
3800	1 Canard Pte Saxe	400 .	750 .
3889	1 Petite tasse Pte Sèvres, cartel amour, camaïeu bl.	400 .	700 .
3887	1 Tasse dite à Trembleur, fond blanc, amour	370 .	550 .
3591	1 Carlin Pte Saxe, sur socle ~~bronze~~ doré	1664 .	3000 .
3932	1 Sucrier Pte Sèvres, forme bateau	1000 .	1300 .
3832	1 Groupe Pte Saxe danseurs & musicien	225 .	650 .
3943	1 1 Tasse & soucoupe Pte Sèvres à 2 anses camaïeu rose	180 .	450 .
3892	1 bougeoir Pte Sèvres à bandes bleues	750 .	1300 .
3921	1 Petite tasse Pte d° décor fond turquoise de Zève père datée 1766.	600 .	1000 .
5203	1 Tasse litron fleurs bleu de roi, soldat de garde	1500 .	3000 .
6467	1 Petite tasse rose œil de perdrix Pte Sèvres	150 .	400 .
5318	2 pots avec couvercle Pte Sèvres ruban verts	50 .	300 .
6057	1 Plateau Pte Sèvres décor bleu & or	320 .	500 .
6263	1 Tasse & soucoupe Pte Sèvres fd camaïeu bleu	40 .	100 .
6558	1 Plat & 2 tasses à personnage bords bleu ~~porcelaine~~ de Tournay	420	800 .
3117	2 ~~Seaux~~ Pte Sèvres décor or	350 .	500 .
5308	2 Cuillères d° pâte tendre en blanc	50 .	120 .
5406	1 boite à mouche L. XVI or émaillé violet	250 .	300 .
5221	1 Tasse Pte Sèvres soldat à cheval (1767)	900 .	1200 .
5559	1 Saucière d° fond bleu, enfant avec chien	200 .	500 .
6696	1 Oeuf L. XV monture or	1000 .	1500 .
6708	1 flacon d'or émaillé de Jacoby	1750 .	3000 .
6566	1 ~~Tasse Pte Sèvres~~ 1 boite or L. XV sujets de chasse, intérieur portrait de la Maréchale de Villars.	3000 .	5500 .
3315	1 Sallière argent, boite à épices L. XIV	300 .	450 .
7272	1 Tasse Pte Sèvres Jonquille, médaillon camaïeu bl.	1500 .	4000 .

RED. :

www.ingramcontent.com/pod-product-compliance
Ingram Content Group UK Ltd.
Pitfield, Milton Keynes, MK11 3LW, UK
UKHW021537260726
13993UKWH00002B/543

9 782329 333625